बॉल गिनुवा

मनोहर श्याम जोशी

वाणी प्रकाशन

वाणी प्रकाशन

4695, 21-ए, दरियागंज, नयी दिल्ली 110 002

फ़ोन : +91 11 23273167 फ़ैक्स : +91 11 23275710

शाखाएँ

अशोक राजपथ, पटना 800 004, बिहार

कॉफ़ी हाउस कैम्पस, महात्मा गांधी मार्ग, इलाहाबाद 211 001, उत्तर प्रदेश

महात्मा गांधी अन्तरराष्ट्रीय हिन्दी विश्वविद्यालय, वर्धा 442 001, महाराष्ट्र

सुल्तानिया रोड, मोतिया पार्क, भोपाल 462 001, मध्य प्रदेश

www.vaniprakashan.com
marketing@vaniprakashan.in
sales@vaniprakashan.in

BALL GINUVA
by Manohar Shyam Joshi

ISBN : 978-93-88684-40-8
Novel

प्रथम संस्करण 2020

मूल्य : ₹ 225

सिटी प्रेस, दिल्ली-110 095 में मुद्रित

वाणी प्रकाशन का लोगो मक़बूल फ़िदा हुसेन की कूची से

भूमिका

समन्दरों और संस्कृतियों के आर–पार जाती कथा

मनोहर श्याम जोशी का पहला उपन्यास 1980 में आया–'कुरु–कुरु स्वाहा'। इस उपन्यास का एक महत्त्व इस बात में भी है कि वह मनोहर श्याम जोशी जैसे महत्त्वपूर्ण लेखक के लेखन के ढेर सारे सूत्र हमारे लिए छोड़ता है। यह उपन्यास उन्होंने अमृतलाल नागर और ऋत्विक घटक को समर्पित किया और लिखा–'सागर थे आप, मगर घड़े में घड़े जितना ही समाया।' (दुर्भाग्य से यह समर्पण उपन्यास के बाद के संस्करणों में छोड़ दिया गया है–इसकी कोई वजह समझ में नहीं आयी।)

बहरहाल, ख़ुद को गागर बताने की इस विनम्रता के बावजूद यह छुपा नहीं रह जाता कि मनोहर श्याम जोशी के लेखन में एक बड़े उपन्यासकार और फ़िल्मकार की साझा विरासत का असर है। यह उपन्यास शब्दों से ज़्यादा जैसे दृश्यों से रचा हुआ है। बल्कि कई दृश्य ऐसे हैं जिन्हें लेखक ने 'दृश्यों' की तरह प्रस्तुत भी किया है जिन्हें एक कैमरामैन कभी क्लोजअप और कभी लांग शॉट में दर्ज कर रहा है और जिनके पीछे संगीत की भी पृष्ठभूमि है।

लेकिन जब हम एक बड़े उपन्यास की कल्पना करते हैं तो उसका क्या मतलब होता है–क्या कई सौ पन्नों में फैली एक कहानी जिसके बहुत सारे सूत्र हों? सम्भव है, कुछ उपन्यास इस फैलाव से भी बनते हों, और सम्भव है कुछ के लिए यह सूत्र काफ़ी होते हों, लेकिन बड़े उपन्यास की चारित्रिक विशेषताएँ कुछ और भी होती हैं–उनमें एक तरह की बहुसांस्कृतिकता होती है, एक तरह का यह एहसास कि जीवन की समग्रता अनुभव के किसी इकहरेपन से नहीं आती, उसमें क्रिया–प्रतिक्रिया के बहुत सारे तत्त्व और कारक सक्रिय रहते हैं। मनोहर श्याम जोशी के लेखन में यह बड़प्पन दिखता है। वह पारम्परिक उपन्यास के दिये हुए चलन में अपने सांस्कृतिक अनुभवों को इस तरह पिरोते हैं कि एक सूत्र में गुँथी, मगर अपना स्वतन्त्र अस्तित्व लिए कई साझा कहानियाँ चल पड़ती हैं जो एक ही जीवन से बँधी होती हैं।

'कुरु–कुरु स्वाहा' में ही मनोहर श्याम जोशी वन बाई थ्री का फार्मूला देते हैं–यानी उनकी एक देह में तीन शख़्सियतें रहती हैं–एक बच्चे जैसा मनोहर जो हर बात पर भावुक हो उठता है, एक खुर्राट पत्रकार जो कुछ लिखकर और कुछ अनुवाद करके अपनी आजीविका चला रहा है और एक जोशी जी–जो दुनिया भर के पढ़ाकू हैं और चाहते हैं कि 'एक ठो वेस्टलैंड' और 'एक ठो वार एंड पीस' लिख जायें।

यहाँ इस बात के उल्लेख के दो मक़सद हैं। एक तो इस तथ्य की ओर ध्यान खींचना कि लेखक के तौर पर मनोहर श्याम जोशी सिर्फ़ सामने वाले

को नहीं परखते, अपने से दूर खड़े किरदारों की ही चीड़फाड़ नहीं करते, ख़ुद अपने भीतर भी झाँकते हैं और पाते हैं कि वहाँ भी कई–कई शख़्स मौजूद हैं। बरसों बाद जिसे निदा फ़ाज़ली ने अपने शेर में ढाला, 'हर आदमी में होते हैं दस–बीस आदमी/ जिसको भी देखना बार–बार देखना'–उस सच्चाई को मनोहर श्याम जोशी ने अपने कथावाचन के अनिवार्य उपादान के तौर पर रखा था। उपन्यास में एक ही घटना पर इस एक चरित्र की तीन तरह की प्रतिक्रियाएँ होती हैं।

दूसरी बात यह कि 'वेस्टलैंड' या 'वार एंड पीस' का ज़िक्र बताता है कि क्लासिक्स की पहचान या अप्रतिमता को लेकर मनोहर श्याम जोशी के भीतर कोई दुविधा नहीं थी। उन्हें मालूम था कि बड़ा साहित्य क्या होता है। 'कुरु–कुरु स्वाहा' में भी वे कभी अपनी मार्फ़त और कभी कुछ और किरदारों की मार्फ़त एक 'मास्टरपीस' लिखने की चाहत और नाकामी के बीच के द्वन्द्व में झूलते देखे जा सकते हैं। वैसे वे 'वेस्टलैंड' या 'वार एंड पीस' भले न लिख पाये हों, लेकिन जो लिखा, वह हमारे समय के कई बंजरों की भी शिनाख़्त करता है और युद्ध और शान्ति के द्वन्द्वों का भी सुराग देता है।

'कुरु–कुरु स्वाहा' के बाद मनोहर श्याम जोशी के कई और उपन्यास आये। 'कसप', 'क्याप', 'हरिया हरक्युलीज की हैरानी' और 'हमजाद' के साथ उन्होंने अपनी विशिष्ट रचनाधर्मिता की एक अलग छाप छोड़ी। इसके अलावा जो संस्मरण और लेख

भी उन्होंने लिखे–वे अपनी तरह से प्रीतिकर गद्य और मानवीय गहनता के विलक्षण उदाहरण रहे। यहाँ जान–बूझ कर टीवी की दुनिया में 'हम लोग' और 'बुनियाद' जैसे उनके यादगार धारावाहिकों का ज़िक्र नहीं किया जा रहा है गोकि उनमें भी उनकी उस्तादी नज़र आती है, लेकिन एक स्तर पर ख़ुद जोशी जी इन्हें अपनी सृजनात्मकता के लिहाज़ से बहुत अहमियत देते नज़र नहीं आये, बल्कि अक्सर इस शिकायत से भरे दिखे कि उनके अच्छे काम को टीवी की दुनिया में स्वीकृति या मंजूरी नहीं मिली।

बहरहाल, मनोहर श्याम जोशी के लेखन की दो ख़ूबियाँ सबसे पहले और सबसे आसानी से समझ में आती हैं। वे ज़बर्दस्त क़िस्सागो हैं। उनकी कहानियों में यह उत्सुकता बनी रहती है कि आगे क्या होगा। वे बड़ी सहजता से अपने किरदार खड़े करते हैं, अपना प्लॉट तय करते हैं, उनकी कथा में गति भी होती है और सरसता भी, वे कल्पना का पूरा सहारा लेते हैं, लेकिन यथार्थ को ओझल नहीं होने देते। उनको जैसे पता होता है कि कोई भी कहानी शुरू करने का सबसे सही कोण कौन–सा है। 'कुरु–कुरु स्वाहा' की कहानी मुम्बई की चौपाटी पर एक दलालनुमा शख़्स से किसी पहुँचेली की चर्चा से शुरू होती है, तो 'कसप' की प्रेम कहानी बाथरूम में नायक के पाजामे का नाड़ा बँध जाने से शुरू होती है। वह मारगाँठ अब तक हिन्दी के कथाप्रेमियों और लेखकों को भी लुभाती है, इसके कई प्रमाण सुलभ हैं। अब स्त्री विमर्श की चर्चा करने वाले हिन्दी के आलोचक चाहें

तो पहचान सकते हैं कि 'कसप' की नायिका कितनी सहज और स्वाभाविक ढंग से क्रान्तिकारी किरदार है। सच तो यह है कि अपने बीहड़पन में वह इस दौर की कई महिला किरदारों को काफ़ी पीछे छोड़ देती है। (यही बात 'कुरु—कुरु स्वाहा' की पहुँचेली के बारे में भी कही जा सकती है।)

दूसरी बात यह कि उनकी क़िस्सागोई सिर्फ़ घटनाओं पर नहीं, उनके अद्भुत वर्णन पर भी निर्भर करती थी। उनकी भाषिक समृद्धि किसी भी पाठक या लेखक को हैरान छोड़ सकती थी। अपने लेखन में वे एक साथ जैसे कई तरह की हिन्दियाँ इस्तेमाल करते हैं। कहीं वे शुद्ध—शास्त्रीय हिन्दी में बात कहते हैं, कहीं उर्दू की रवानगी के क़रीब चले आते हैं, कभी मुम्बइयाँ हिन्दी को काम में लाते हैं और कहीं गुजराती हिन्दी की छौंक मिलाते हैं। उनकी भाषा चरित्रों के साथ भी बदलती है और यह करते हुए वे कहीं से प्रयत्न करते नहीं दिखते, कृत्रिम नज़र नहीं आते, वे लगभग हर भाषिक अन्दाज़ में इतने सहज होते हैं कि उनका जवाब नहीं होता। 'कसप' में वे पहाड़ी हिन्दी की रंगत से परिचित कराते हैं। उपन्यास के शुरू में ही वे बाकायदा शब्दार्थ देते हैं—यह बताते हुए कि इस पहाड़ी हिन्दी का व्याकरण कैसे चलता है।

दूसरी बात उनकी भाषा की वह वाग्मिता या वाक्पटुता है जो उनके पूरे लेखन में हर जगह दिखती है। अंग्रेज़ी में जिसे 'विट' कहते हैं, हिन्दी में वह कम लेखकों में दिखाई पड़ता है। ज़्यादातर

लेखक या तो सपाट–इकहरी वर्णनात्मकता से भरे वाक्य लिखते हैं या फिर ऐसे गूढ़–गम्भीर वाक्य, जिन्हें रुककर ध्यान से समझना पड़ता है या फिर हास्य–व्यंग्य की जुमलेबाज़ी करते हैं, लेकिन जोशी जी का गद्य इतना 'विटी' है कि वह भी उनके उपन्यासों की पठनीयता कई गुणा बढ़ा देता है।

मनोहर श्याम जोशी की तीसरी ख़ूबी उनकी दुस्साहसिक प्रयोगशीलता है। 'हरिया हरक्युलीज की हैरानी', 'क्याप' और 'हमजाद' तक आते–आते यह प्रयोगशीलता अपने विकट रूप में दिखाई पड़ने लगती है। मनोहर श्याम जोशी जैसे लेखन की नयी–नयी चुनौतियाँ उठाने को प्रस्तुत हो जाते हैं। जैसे वर्जित प्रदेशों में क़दम रखते उनके पाँव थरथराते ही नहीं। हरिया की हैरानी के बहाने वे क़िस्से पर क़िस्से खोलते जाते हैं और गू और गुमलिंग की तलाश करते–करते ऐसी प्रतीकात्मक भूलभुलैया में पाठकों को छोड़ जाते हैं जो हिन्दी साहित्य में पहले कभी याद नहीं आती।

'हमजाद' का प्रयोग कुछ और बीहड़ है। यहाँ पहली बार जैसे कोई खलनायक किसी हिन्दी उपन्यास का मुख्य पात्र है। टोपन जैसा बुरा चरित्र हिन्दी साहित्य में खोजे नहीं मिलेगा। वह बेशर्म, बेलिहाज, हर तरह की नैतिकता से दूर ऐसा शख़्स है जिसे सबकुछ अपनी ओछी लिप्साओं के मुताबिक़ चाहिए। उसके लिए किसी रिश्ते–नाते, किसी वादे का, किसी सच–झूठ का कोई मतलब नहीं है। ख़ास बात यह है कि यह पूरी कहानी जोशी जी ने ठेठ उर्दू

वाली शैली में लिखी है और मुम्बइयाँ फ़िल्म संस्कृति के भीतर दिखने वाली बजबजाहट को भी चुपचाप रख दिया है।

मनोहर श्याम जोशी का यह सारा लेखन जिस क़िस्सागोई से भरा पड़ा है, उसका एक आयाम और है। किसी बड़े कथाकार की तरह वे इस बात को बहुत करीने से पहचानते हैं कि जिसे हम ज़िन्दगी कहते हैं, वह घटनाओं से ज़्यादा व्याख्याओं का नाम है। एक ज़िन्दगी में क़िस्सों पर क़िस्से होते हैं। यहाँ तक कि एक ही क़िस्सा अलग–अलग लोगों के पास पहुँचकर बदल जाता है, क्योंकि उसके सन्दर्भ बदल जाते हैं। तो एक स्तर पर जोशी जी का पूरा लेखन ज़िन्दगी और उनके क़िस्सों को उलटने–पलटने से बना लेखन है। उसमें बहुत दार्शनिक आशय भले न हों, कोई बहुत विराट काव्यात्मक अनुगूँज से भरा अनुभव भले न हो, लेकिन ज़िन्दगी को उलटने–पुलटने, उसके क़िस्सों को कुछ और नज़रियों से देख सकने का साहस और सयानापन नज़र आता है।

अपने रचनात्मक जीवन के उत्तरकाल में जोशी जी अपने विकट प्रयोगों को जैसे और नयी सरहदों तक ले जाने को उद्धत दिखाई पड़ते हैं। 'एक पेंच और' नाम की उनकी लघु उपन्यासिका में वे अनुभव के रोमांच को उत्तर–जीवन तक ले जाते हैं। यहाँ हमारा वास्ता एक प्रेत–कथा से पड़ता है। हिन्दी में यथार्थवाद के आतंक के बीच हो रहे लेखन में ऐसा प्रेताख्यान बहुत बीहड़ साहस की माँग करता है, लेकिन जोशी जी शायद इस कथा तक इसलिए

जाते हैं कि यहाँ भी उनको जीवन की अनिश्चितता, उसके अनुभवातीत रोमांच का एक हिस्सा मिलता है।

मनोहर श्याम जोशी के निधन के बाद उनके परिजनों के सौजन्य से सामने आ रहा यह लेखन बताता है कि किस तरह जोशी जी अपनी रचनात्मकता के लिए लगातार नयी सरहदें खोज रहे थे।

अब सम्भवतः पहली बार उनकी ऐसी साहित्यिक कृति सामने आ रही है जिसकी कथाभूमि भारत न होकर सात समन्दर पार अमेरिका है। यहाँ भी मनोहर श्याम जोशी की जानी–पहचानी क़िस्सागोई अपनी प्रतिभा के शिखर पर है। यह बात लगभग हैरान करती है कि कितनी आसानी से मनोहर श्याम जोशी कल्पना और यथार्थ को इस तरह फेंटते हैं कि सबकुछ विश्वसनीय लगने लगता है। 'बॉल गिनुवा' नाम के इस उपन्यास में कैन्सस के एक अस्पताल में एक बुजुर्ग महिला जब अपने कोमा से जागती है तो ख़ुद को स्मृति विच्छिन्न पाती है–अचानक वह अपने बचपन में चली जाती है और कोई पहाड़ी बोली बोलने लगती है। माँ के भीतर अचानक पैदा हो गयी इस बच्ची से घबराई उसकी बेटी को डॉक्टर सलाह देता है कि किसी ऐसे आदमी को खोजा जाये जो यह भाषा समझ सके। किसी 'मिड हिमालयन' क्षेत्र की इस महिला के लिए बेटी वहाँ के यूनिवर्सिटी कैम्पस में पढ़ाई के लिए गये एक पहाड़ी लड़के को खोज निकालती है। यह पहाड़ी लड़का फिर उस वृद्धा से बात करता है और उसका गाँव–घर, उसके बचपन की कहानी जानने की कोशिश करता है।

उत्तराखण्ड के पहाड़ों से कैन्सस के विश्वविद्यालय और अस्पताल तक पसरी इस कथा के कई पहलू हैं। उपन्यास में दो संस्कृतियों के बीच आवाजाही करते मनोहर श्याम जोशी बड़ी सूक्ष्मता से दोनों का साझा भी बता जाते हैं और उनका वैविध्य भी। लेकिन यह कहानी इतनी भर नहीं है। वह दो संस्कृतियों के अलावा दो व्यक्तियों की भी कहानी है–एक छोटी–सी प्रेम कहानी, जो अपनी वृद्धा माँ के लिए एक भाष्यकार तलाशने निकली उसकी बेटी तारा या टारा और उससे काफ़ी कम उम्र के भारतीय पहाड़ी छात्र मदन के बीच घटित होती है। यह पहली नज़र वाला नहीं, बड़ी दुविधा के बीच विकसित होने वाला प्रेम है। टारा सशंक और सावधान है कि भारत से आया यह ग़रीब लड़का अस्पताल में उसकी माँ से बतियाने की एवज़ में कितने पैसे माँगेगा और वह लड़का सकुचाया हुआ है कि इतनी खुली हुई इस फिरंगी लड़की से वह पैसे की बात कैसे करे। दोनों को एक–दूसरे की उम्र के फ़ासले का भी अन्दाज़ा है। इन सबके बावजूद दोनों एक–दूसरे के क़रीब आते हैं। इस कहानी में कई दिलचस्प उपकहानियाँ भी हैं जो चरित्रों की मार्फ़त जोशी जी कह डालते हैं। माँ जब–जब बचपन की विस्मृत पहाड़ी भाषा बोलना शुरू करती है तो डॉक्टर और नर्स के बीच एक सांस्कृतिक तनाव भी पैदा होता है। ईसाई धर्म के पेंटाकोस्टल पन्थ में पली नर्स श्रद्धानत हो उठती है कि उसकी आस्था के मुताबिक़ पवित्र आत्मा का बपतिस्मा मिल जाने से इंसान पवित्र

भाषाओं में बोलने लगता है–'शी इज़ स्पीकिंग इन टंग्स। लॉर्ड बी प्रेज्ड!' जबकि डॉक्टर कैथोलिक चर्च का होने के नाते 'गिफ्ट ऑफ़ टंग्स' की ऐसी व्याख्या करने को तैयार नहीं है।

कहने की ज़रूरत नहीं कि यह बारीक़ सांस्कृतिक फ़र्क़ लेखक की दृष्टि और अध्ययनशीलता का नतीजा है। ऐसी बारीक़ी पूरे आख्यान में जगह–जगह दिखती है।

बहरहाल, कहना मुश्किल है कि जोशी जी ने अपनी इस रचना को पूर्ण मान लिया था या इस पर वे कुछ और काम करते। अपने एक पाठ में यह रचना सम्पूर्ण मालूम होती है। ऐसा नहीं लगता कि कुछ अधूरा है। लेकिन ध्यान से पढ़ने पर यह ख़याल आता है कि जोशी जी शायद इस कृति में कुछ और रंग भरना चाहते–इसे कुछ और विस्तार देते। सम्भवतः पहली बार उन्होंने एक ऐसा चुनौतीपूर्ण विषय उठाया था जिसमें पूरब और पश्चिम की संस्कृति और जीवन–शैलियों के बारे में कुछ तुलनात्मक ढंग से कहने की गुंजाइश थी। कथा–सूत्र में भी कुछ ब्योरे ऐसे हैं जो और विस्तार चाहते–यानी जो प्रेम कहानी पैदा हुई, वह किस मोड़ तक पहुँची, वृद्धा की याददाश्त वापस लौटी या नहीं, अगर लौटी तो किस तरह लौटी, वर्तमान और अतीत के बीच का वह मनोवैज्ञानिक धागा कौन–सा है जो उलझ जाता है तो इंसान अपनी स्मृति में ही कहीं अटक जाता है?

इन सवालों के जवाब देने के लिए, यह क़िस्सा आगे बढ़ाने के लिए मनोहर श्याम जोशी

अब हमारे बीच नहीं हैं, लेकिन जितना भी वे लिख गये हैं, वह एक रचना की परिपूर्णता लिए हुए है और हमारे सामने लगभग एक सम्पूर्ण कृति की तरह आता है। वैसे भी दुनिया की कौन–सी कृतियाँ हैं जो लेखक की मुहर के बावजूद सम्पूर्ण कही जा सकती हैं? दरअसल एक अधूरापन अन्ततः किसी रचना का अन्तिम हासिल होता है। इसी वजह से कुछ नया लिखने, कुछ नया पढ़ने और रचने की प्यास बची रहती है, लेखक लिखते रहते हैं, पाठक पढ़ते रहते हैं।

तो आपके सामने हिन्दी की ऐसी विलक्षण कृति है जो अपने अधूरेपन के बावजूद आपको काफ़ी कुछ दे जाती है। हिन्दी में अपठनीय लेखन की शिकायत करने वाले मनोहर श्याम जोशी का यह उपन्यास पढ़कर कुछ विस्मित हो सकते हैं कि सहज क़िस्सागोई क्या होती है और किस तरह पाठकों को बाँधती है। सच तो यह है कि अपनी कहानियों के बीहड़ में उतरते–उतरते, 'हरिया हरक्युलीज की हैरानी' और 'क्याप' में मनोहर श्याम जोशी कहीं–कहीं उलझे और कहीं–कहीं अबूझ तक जान पड़ते हैं, लेकिन इस कृति तक आते–आते इतने सहज और दिलचस्प हैं कि लगता है, अपनी क़िस्सागोई को भी उन्होंने कुछ और तराश डाला है। समन्दरों और संस्कृतियों के आर–पार कही जा रही इस कथा को पढ़ने के लिए बस एक साँस चाहिए।

–प्रियदर्शन

बीस दिन से दुनिया से ही नहीं, अपने से भी कटी हुई वह बुढ़िया हौले–हौले बेहोशी से उबर रही थी और उसकी स्मृति की गहराइयों से एक भूला–बिसरा शब्द उभर रहा था–गिनुवा। जिसका अर्थ वह कभी जानती थी, किन्तु अब भूल चुकी थी। यही नहीं, वह अपनी अब की भाषा भी भूल चुकी थी इसलिए हैरान होने पर भी अपनी हैरानी व्यक्त करने के लिए चाहकर भी 'व्हट?' नहीं पूछ पा रही थी। बल्कि सच तो यह है कि वह भाषा के स्तर पर यह भी नहीं जानती थी कि वह तब कौन–सी भाषा जानती थी और अब कौन–सी जानती है? उसका सारा सोच–विचार भाषा से पूर्व की किसी भाषा में चल रहा था। उसके ओंठ तो बार–बार हिल–डुल रहे थे लेकिन उनसे कोई आवाज़ नहीं निकल रही थी।

टोपेका, कैन्सस के चिकित्सालय के आईसीयू में ड्यूटी करती नर्स की निगाह बुढ़िया के हिलते–डुलते ओंठों पर पड़ी। उसने बुढ़िया की खोज–ख़बर लेने आने वाली अधेड़ बेटी टारा का ध्यान इस ओर दिलाया, जो कुर्सी पर बैठी एक रूमानी उपन्यास पढ़

रही थी। टारा यह शुभ सूचना डॉक्टर को देने दौड़ पड़ी। डॉक्टर ने मुस्कराकर कहा, 'लगता है, आपकी मॉम अब होश में आ जायेंगी।' और वह टारा के साथ रोगिणी के पास पहुँचा।

गिनुवा का मतलब न समझ पाने पर झुँझलाने लगी थी बुढ़िया। तभी उसकी मन की आँखों के आगे चिकने काग़ज़ों पर छपी शिशु–पुस्तिका खोल दी एक बच्ची ने। पहले पृष्ठ पर बड़ी–सी रंग–बिरंगी गेंद पर अँगुली रखते हुए उसने कहा, 'गिनुवा।' और फिर बुढ़िया के मुँह से वह बच्ची ही बोली, 'गिनुवा।' बुढ़िया को किसी अनजान भाषा का कोई अनजान शब्द किसी छोटी लड़की की आवाज़ में बोलते हुए सुनकर डॉक्टर आश्वस्त, टारा विस्मित और नर्स विस्मित से अधिक श्रद्धानत हुई। टारा ने स्वर में चिन्ता और चहक सही अनुपात में ढालते हुए बुढ़िया पर झुककर और उसके कन्धे हल्के–से हिलाकर पूछा, 'व्हॅटडया से मॉम?'

बुढ़िया की दिक़्क़त यह थी कि अगर फ़िलहाल वह अंग्रेज़ी भूली हुई न होती तो स्वयं भी 'गिनुवा' उचारती उस अदृश्य बच्ची से बिल्कुल अपनी बेटी की ही तरह स्वर में ख़ासी हैरानी, थोड़ी चहक और थोड़ी चिन्ता घोलते हुए पूछती 'व्हॅटडया से?' चिकने पृष्ठ पर छपी उस गोल–गोल चीज़ से वह परिचित थी लेकिन वह बच्ची इस चीज़ के लिए जो संज्ञा प्रयुक्त कर रही थी वह उसके लिए अपरिचित थी। इस चीज़ को वह एक अन्य संज्ञा से जानती थी जिसे पता नहीं क्यों–उसके मस्तिष्क का ज़िद्दी कम्प्यूटर

इस समय निकालकर दे नहीं रहा था। तो बुढ़िया के मुँह से वह बच्ची 'गिनुवा–गिनुवा' उचारती रही और बुढ़िया के माथे पर त्यौरियाँ पड़ती चली गयीं।

टारा व्यग्र होकर अपनी माँ के कन्धे हिलाने लगी। डॉक्टर ने बेटी को मरीज़ माँ से अलग हटाया और बेताब न होने की नेक सलाह दी और आश्वस्त किया कि आपकी माँ की चेतना लौटने का सुखद सिलसिला शुरू हो चुका है और धीरे–धीरे अब वह पूरे होश में आ जायेंगी। आप इनसे बिल्कुल सामान्य ढंग से बात करती रहें। और इन्हें इनका नाम लेकर पुकारें बार–बार। तो टारा ने पुकारा कई बार, 'हाय रुथ! हाउया डूइन?' लेकिन कोई प्रतिक्रिया नहीं हुई। टारा व्यग्र स्वर में दोहराती चली गयी, 'रुथ–रुथ–रुथ'।

बुढ़िया ने सुना। यह जो भी शब्द बार–बार बोला जा रहा था उसके लिए नितान्त परिचित था लेकिन क्यों था यह उसका दिमाग़ी–कम्प्यूटर बता नहीं रहा था। उसने हैरान होकर आँखें खोलीं और 'रुथ' नाम का जाप करने वाली उस औरत को देखा जो उसके लिए परिचित होते हुए भी अपरिचित थी फ़िलहाल। टारा आतुर स्वर में उसे कभी रुथ और कभी मॉम पुकारे जा रही थी और ये दोनों शब्द भी बुढ़िया के लिए परिचित–अपरिचित सिद्ध हो रहे थे। उसने फिर आँखें बन्द कर लीं और माथे पर त्यौरियाँ डाल लीं। उसे लगा कि मैं रुथ को जानती हूँ लेकिन उसे यह भी लगा कि मैं रुथ को किसी और नाम से जानती हूँ। और उसे यह भी लगा कि जो भी वह है

उसे फ़िलहाल मैं किसी भी नाम से नहीं जानती हूँ। लेकिन जानना ज़रूर चाहती हूँ क्योंकि अगर नहीं जानूँगी तो मेरा अपने से और सारी दुनिया से नाता ही नहीं जुड़ पायेगा।

बेहोशी की हालत में बुढ़िया तमाम और बातों के साथ–साथ यह भी भूल चुकी थी कि बचपन में उसके दूरदराज पहाड़ी गाँव में कुछ ऐसा घटा था जिससे वह एक ही चमत्कारी छलाँग में गिनुवा से बॉल और कुमाऊँनी पहाड़ के बाँज के उन जंगलों से अमेरिकी मध्य–पश्चिम के मक्के के खेतों पर जा गिरी थी, सो भी इतने ज़ोर से कि उसके मस्तिष्क का कम्प्यूटर बुनियाद से ही हिल गया था। गिनुवा–जैसे वे तमाम शब्द, जिनमें उसकी पैदाइशी पहचान भरी हुई थी, कहीं गहरे दब गये थे मलबे में। वह तब से अब में पहुँच गयी थी। बुढ़िया नहीं जानती थी कि बीस दिन पहले दुर्घटना में सिर पर चोट पड़ने से उसका कम्प्यूटर फिर बुनियाद से हिला और अब से तब की ओर लौटते हुए 'बॉल मोड' और 'गिनुवा मोड' के बीच फँस गया। बुढ़िया व्यग्र हो उठी। तभी शिशु–पुस्तिका का पन्ना पलटा उस लड़की ने। अब जो पन्ना सामने था उस पर जगह–जगह से फटा हुआ मैला–कुचैला लबादानुमा फ्रॉक पहनी वही लड़की हाथ में वही गेंद लिए खड़ी हुई थी। लड़की ने कहा, 'यो रुकुली को गिनुवा छू।' चित्र सहसा सजीव हो उठा। बच्ची–बुढ़िया या बुढ़िया–बच्ची आँखें मटकाती हुई बोली, 'मेरो गिनुवा। अकास बै बाज्यूल खित रौ म्यार लिजि।'

सुनकर टारा हैरान हो गयी और नर्स विधिवत घुटनों के बल बैठ हाथ जोड़कर बोली, 'शी इज़ स्पीकिंग इन टंग्स। लॉर्ड बी प्रेज्ड!' नर्स ईसाई धर्म के पेंटाकोस्टल पन्थ की थी, जिसके अनुसार पवित्र आत्मा का बप्तिस्मा मिल जाने पर इंसान 'ज़बानों में' बोलने लगता है। जो भाषाएँ उसने कभी न सीखी हों वे भी उसके मुँह से धारा–प्रवाह निकलने लगती हैं। यहाँ तक कि इंसान ऐसी बोलियाँ भी बोलने लगता है जो धरती से लुप्त हो चुकी हों और ऐसी भी जो अभी तक धरा पर अवतरित ही नहीं हुई हैं। 'होली गोस्ट' या 'होली स्पिरिट' यानी सलीब पर टाँगकर मार दिये जाने के बाद फिर से प्रकट हुई हजरत ईसा मसीह की आत्मा द्वारा भक्तों को तरह–तरह की ज़बानें बोलने–समझने, लाइलाज बीमारियाँ चुटकियों में दूर कर देने, सही भविष्यवाणियाँ करने जैसे चमत्कार दिखाने की 'गिफ्ट्स' यानी सिद्धियाँ प्रदान कर दिये जाने की बात डॉक्टर के लिए वैज्ञानिक ही नहीं, कैथलिक होने के नाते भी अमान्य थी; क्योंकि कैथलिक चर्च बाइबिल में आये पेंटाकोस्ट प्रसंग की इतनी शाब्दिक और सार्वभौम व्याख्या स्वीकार नहीं करता। वह कहता है कि 'गिफ्ट ऑफ़ टंग्स' मिलने का मतलब मात्र इतना ही है कि पवित्रात्मा की कृपा से सुपात्र व्यक्ति अनेक भाषाओं में प्रवीण हो जायेगा। हर ऐरा–गैरा कुछ भी अंट–शंट बकने लगे उन्माद की अवस्था में तो वह विशुद्ध नाटकबाज़ी का नमूना है पवित्रात्मा का बप्तिस्मा मिलने का प्रमाण नहीं। फिर भी एक सम्भावना यह हो ही सकती थी कि

रोगिणी, पेंटाकोस्टल चर्च की हो और बेहोशी में भी वही 'ज़बानों में बोलने का' नाटक कर रही हो।

तो डॉक्टर ने टारा से पूछा कि क्या आपकी माँ पेंटाकोस्टल चर्च से जुड़ी रही हैं? टारा का उत्तर उसके लिए अप्रत्याशित साबित हुआ। वह बोली, 'अपनी माँ से मेरा परिचय कुल चौदह महीने का है डॉक्टर और मैं इनके अतीत के बारे में कुछ भी नहीं जानती। सो इसलिए कि उसने अपने अतीत के बारे में मेरी किसी भी जिज्ञासा का आज तक समाधान नहीं किया है। रही चर्च की बात तो मैंने न इसे कभी चर्च जाते देखा है और न बाइबिल पढ़ते। यह मुझे जन्मते ही शिकागो के एक कैथलिक अनाथालय में दे आयी थी, इस आधार पर आप चाहें तो ऐसा मान सकते हैं कि वह स्वयं भी कैथलिक हो।'

डॉक्टर ने तय पाया कि तब तो यह माना जा सकता है कि रोगिणी कोई भाषा ही बोल रही है। तो उसने टारा से पूछा कि क्या आपकी माँ ग़ैर–यूरोपीय है? टारा बोली, 'हाँ, यह इंडिया की है। एक दिन मैंने इससे पूछा था कि क्या तुमने मेरा नाम 'गॉन विद द विंड' की नायिका के नाम पर रखा था? तब इसने कहा कि नहीं मैंने तो तुम्हारा नाम इंडिया की एक देवी के नाम पर रखा यह सोचकर कि अमेरिका वाले तुम्हारी तरह इसे अमेरिकन नाम समझेंगे। फिर मैंने पूछा कि क्या तुम इंडिया की हो मॉम और इसने कहा कि पता नहीं मैं कहाँ की हूँ।

यह बताते हुए टारा का कण्ठ अवरुद्ध हो उठा। उसकी भावुकता को अनदेखा करते हुए डॉक्टर ने

इस लम्बे संवाद में निहित एकमात्र ठोस सूचना पर ध्यान केन्द्रित कराया टारा का। कहा, 'दिमाग़ी चोट के मामलों में कभी–कभी इंसान अपने बचपन के व्यक्तित्व में लौट जाता है। सम्भव है तुम्हारी माँ अपने होमटाउन की भाषा बोल रही हो। किसी तरह पता लग सकता है कि तुम्हारी माँ कहाँ की हैं तो बात बन सकती थी।' टारा ने संयत होते हुए कहा, 'मेरा अनुमान यह है कि मॉम मिड हिमालयन रीजन की हैं।' डॉक्टर बोला, 'वंडरफुल, तो मिड हिमालयन रीजन की भाषा जानने वाला कोई बन्दा तलाशो जो रोगिणी की बड़बड़ाहट का मतलब समझ सके।'

नर्स बोली, 'टारा तुम्हारी मॉम ज़रूर पेंटाकोस्टल चर्च में रही होंगी। इंडिया से तो हमारे चर्च का बड़ा पुराना नाता है। वहाँ की मशहूर ब्रैहम्न पंडिता रमा बाई तो उन्नीसवीं में कन्वर्ट होकर अमेरिका आने के बाद इस चर्च से जुड़ी थीं। तुम कहो तो मैं अपने पादरी रैवरेंड गिब्स को लेकर यहाँ आऊँ। उन्हें हीलिंग का भी गिफ्ट है।'

डॉक्टर बोला, 'टारा मैं तो यही कहूँगा कि तुम्हारी माँ के इलाज
के लिए इस समय पादरी से ज़्यादा ज़रूरत किसी भाषाविद् की है।'

टारा सहमत होते हुए बोली कि 'मैं अभी जाकर इंटरनेट और यूनिवर्सिटी बुलेटिन बोर्ड के ज़रिये अपील जारी करती हूँ कि किसी को मिड हिमालयन रीजन की भाषा आती हो तो मुझसे सम्पर्क

करे। आजकल तो इंडिया से भी कई छात्र हमारी यूनिवर्सिटी में आने लगे हैं।'

सम्पर्क किया गया मदन मोहन मठपाल उर्फ़ एम. क्यूब्ड से, जो उत्तराखण्डी साथियों की तलाश में इंटरनेट 'सर्च' करता रहा था। राज्य के विश्वविद्यालय में इसी सत्र उसे भूगर्भ विभाग में बतौर शोधछात्र दाख़िला मिला था। अमेरिका आकर वह अपने को एम. क्यूब्ड पुकारने वाले पुराने दोस्तों तथा उत्तरांचली खाने के लिए तरस गया था। तो इंटरनेट पर किसी तारा की मिड हिमालयाज़ की बोली बोलने वाले के लिए अपील पढ़कर मदन का मन खिल उठा। उसे लगा कि कैन्सस में मध्यवर्ती हिमालय की बोली बोलने वाले की तलाश करने वाली यह तारा निश्चय ही कोई गढ़वालन या कुमाऊँनी छात्रा होगी जो ठीक उसकी तरह अकेलेपन की गिरफ़्त में पड़ी होगी। तो उसने बहुत ललक से नम्बर मिलाया और धड़कते दिल से फ़ोन उठाये जाने का इन्तज़ार किया। दूसरे सिरे से ठेठ स्थानिक उच्चारण में 'हेलो' सुनकर थोड़ा झटका लगा उसे लेकिन फिर सोचा कि शायद यह भी उन भारतीयों में से है जो ज़रूरत से ज़्यादा अमेरिकन एक्सेंट झाड़ते हैं। इसलिए निस्संकोच अपनी भाषा में बोला।

उसे तब भयंकर निराशा हुई जब दूसरे सिरे से टारा ने हैरान होकर अंग्रेज़ी में उससे पूछा कि आप कौन बोल रहे हैं और कह क्या रहे हैं? तारा के मिडवैस्ट उच्चारण वाली अंग्रेज़ी के जवाब में

मदन ने झटकेदार पहाड़ी उच्चारण वाली अंग्रेज़ी में अपना परिचय दिया और बताया कि मैं आपकी अपील के जवाब में फ़ोन कर रहा हूँ। सुनकर टारा बहुत ख़ुश हुई। उसने फ़ोन पर ही मैडन को अपनी गरज बता देना उचित नहीं समझा। वह पेशे से रीयल एस्टेट एजेंट थी और अनुभव ने उसे सिखाया था कि मकान और ज़मीन–जायदाद बेचने–ख़रीदने के सौदों में आमने–सामने की बातचीत फ़ोन पर हुई बातचीत से बेहतर रहती है। तो उसने फ़िलहाल केवल इतना ही कहा कि एक काम के सिलसिले में मुझे मिड हिमालयन लैंग्वेज़ बोलने वाले की फ़ौरन मदद चाहिए। कब मिल सकती हूँ आपसे?

मदन ने बताया कि दिनभर तो मैं शोधकार्य में व्यस्त रहता हूँ फिर शाम को चार से छह के बीच पार्ट टाइम काम करता हूँ। उसके बाद आप कभी भी मिल लें। टारा बोली कि मैं आज शाम ही सात बजे आपको लेने आ जाती हूँ, डिनर आप मेरे साथ ही करें। अपना पता बता दें प्लीज़। पता देने के बाद मदन ने कहा कि, 'एक्सक्यूज़ मी, क्या आप ख़ुद मिड हिमालयन रीजन की नहीं है? आपका नाम तो तारा है।' उधर से जवाब मिला, 'तारा नहीं, टारा। मेरी माँ इंडिया की हैं और उन्होंने यह नाम इसलिए रखा कि इंडिया और अमेरिका दोनों में चलता है।' मदन ने पूछा, 'आपकी माँ मिड हिमालयन रीजन की हैं क्या?' उसका जवाब सर्वथा अप्रत्याशित रहा मदन के लिए। उसने कहा, 'यह तो आप ही बता सकेंगे। तो मिलते हैं सात बजे। बाय।'

मदन कुछ देर फ़ोन हाथ में लिए खड़ा रहा मन्त्र–मुग्ध। यह पहला अवसर था उसके लिए किसी भी लड़की से मिलने का निमन्त्रण पाने का। टारा की आवाज़ इतनी मीठी तथा मैत्रीपूर्ण और उसका बोलने का अन्दाज़ इतना उछाहभरा था कि वह मदन को किशोरी जान पड़ी। और थोड़ा खींचतान करके यह माना जा सकता है कि उसने अनजान मदन को 'ब्लाइंड डिनर डेट' पर बुलाया है। डिनर डेट की बात सोचकर ही मदन रोमांचित हो उठा। वह न उत्तरांचल में कोई गर्ल–फ्रेंड बना पाया था और न कैन्सस में ही बना पा रहा था। उसे यह सोच–सोचकर अच्छा लगा कि यह जो भी टारा है वह मेरी गर्ल–फ्रेंड बन सकती है। इस सम्भावित गर्ल–फ्रेंड पर अच्छा प्रभाव छोड़ने के लिए मदन ने अच्छा पहनावा और अच्छे श्रृंगार की आवश्यकता अनुभव की। अफ़सोस कि उसके पास औपचारिक सूट वगैरह तो दूर महँगे अनौपचारिक कपड़े भी न थे। छोटे–से अपार्टमेंट में अपने साथ रहने वाले अन्य तीन अपेक्षाकृत सम्पन्न भारतीय छात्रों से वह कपड़े उधार नहीं माँग सकता था क्योंकि वे सब उससे कहीं अधिक लम्बे–चौड़े थे। सिंगार–सामग्री अलबत्ता वह उनसे उधार ले सकता था। लेकिन जैसे ही उसने अपने कमरा–साथी दलजीत के रैक पर रखी 'परफ़्यूम' की शीशी की ओर हाथ बढ़ाया दलजीत ने उसकी कलाई पकड़ ली और बोला, 'ओए पहाड़ी मुण्डू यह बड़ा महँगा परफ़्यूम हैगा, शैनल फॉर मैन! यह रोज़ मुँह पर मलने वाली चीज़ नहीं है, आयी

तेरी समझ में।' फिर उसने एक सस्ते आफ़्टरशेव की शीशी मदन को थमा दी और कहा कि तेरे वरगे के लिए तो यही काफ़ी है। मदन की तबीयत हुई कि सस्ते आफ्टरशेव की शीशी लौटा दे। लेकिन सम्भावित। गर्ल–फ्रेंड से बिना किसी महक के मिलना उसे ठीक नहीं लगा। इसलिए ढेर–सा 'ऑफ्टरशेव' उसने अपने गालों और गर्दन पर थपथपा लिया।

मदन को लेने के लिए जाते हुए टारा को रास्ते भर यह चिन्ता सताती रही कि यह जो भी भारतीय छात्र है वह माँ के इलाज में सहायता देने के लिए कितने पैसे माँगेगा? वह उस संस्कृति में पली थी जिसमें माँ–बाप बच्चों से घर के काम भी इस लालच में करवा पाते हैं कि एवज में उन्हें जो पैसा मिलेगा वह उसे चाहे जैसे ख़र्च करने के लिए स्वतन्त्र होंगे। मदन ने जो पता दिया था वह विश्वविद्यालय के पास स्थित साधारण हैसियत वालों की एक बस्ती का था जिसमें ग़रीब विदेशी छात्र मिलकर कोई छोटा अपार्टमेंट किराये पर ले लेते हैं। तो वह ग़रीब यानी लालची होगा। व्यस्त भी है ही। इन दोनों बातों को ध्यान में रखते हुए अगर वह अपना समय देने के लिए तगड़ा मुआवज़ा माँगे तो कोई आश्चर्य नहीं। ख़ासकर इसलिए कि उसका कोई विकल्प यहाँ मिलना मुश्किल है।

लेकिन मदन को देखते ही टारा काफ़ी आश्वस्त हो चली क्योंकि उसकी सारी 'बॉडी लैंग्वेज़' किसी आत्मविश्वासहीन संकोची व्यक्ति वाली थी। फिर उससे हाथ मिलाने पर पाया कि उसकी पसीने से

नम हथेली भी घबराहट की भाषा बोल रही है। उधर मदन अपनी इस सम्भाविता गर्ल–फ्रेंड को देखकर समान रूप से निराश और आतंकित दोनों ही हुआ। वह अमेरिकी मिडवैस्ट की औरतों की तरह कद्दावर और गोल–मटोल दोनों ही थी। गर्ल–फ्रेंड के रूप में मदन ने छरहरे बदन वाली किसी किशोरी की कल्पना की थी लेकिन आवाज़, लहजे और नोचने के लिए न्यौतते भरे–भरे गालों को छोड़ टारा में ऐसा कुछ भी न था कि उसे किशोरी समझ लिया जाय। मदन ने तय पाया कि भले ही इसका चिकना–चुपड़ा और गोल–गोल मुस्कराता चेहरा ख़ासा उम्रचोर है लेकिन वह लड़की नहीं, पूरी औरत है और 30 से लेकर 50 तक किसी भी उम्र की हो सकती है।

बहुत कसके हाथ मिलाने वाली इस औरत के 'टारा' के जवाब में मदन अपना नाम बड़ी मुश्किल से उचार पाया और उसके बाद ख़ामोश हो गया। टारा बोली, 'तो चलें मैडन?' मदन ने सिर हिलाकर हामी भरी। उसे पता था कि सभी को, यहाँ तक कि माता–पिता को भी, उनके नाम से पुकारने का अमेरिका में रिवाज है लेकिन फिर भी वह इसके आधार पर टारा के व्यवहार को मित्रवत् मान बैठा और आइन्दा उसके हर 'यू' का अपने मन में 'तुम' अनुवाद करता रहा।

टारा के साथ उसकी कार की ओर बढ़ते हुए मदन ने यह तय पाया कि भले ही टारा गोल–मटोल हो, मोटी–थुलथुली हरगिज़ नहीं है। मिडवैस्ट में तो हर उम्र के व्यक्ति गोल–मटोल होते हैं। यह किशोरी

नहीं, तो युवती हो ही सकती है। दो–चार साल उम्र में बड़ी भी हो तो क्या? टारा की महँगी मर्सिडीज़ गाड़ी देखकर मदन को ख़ुशी हुई कि टारा पैसे वाली और परिष्कृत दोनों है। उसकी ख़ुशी तब और बढ़ गयी जब उसने मदन को सादर–सप्रेम अपनी बगल में बैठाया और मदन बदस्तूर सीट–बेल्ट लगाना भूल गया तब उसे बड़े प्यार से याद दिलाया। उस झेंपे हुए अनाड़ी से बेल्ट तुरन्त नहीं लग पायी तो टारा ने झुककर स्वयं उसकी बेल्ट लगा दी और इस क्रम में अपना बदन उसके बदन से छूते रहने दिया। मदन को प्रीतिकर ऊष्मा से भर गया अपनी बाँह पर टारा के उन्नत उरोजों का स्पर्श।

फिर गाड़ी स्टार्ट करते हुए टारा ने मदन को अपनी चमचमाती मुस्कान का क्लोजअप दिया और मदन को यह देखकर अच्छा लगा कि सम्भावित गर्ल–फ्रेंड की दन्तावली स्वच्छ, सफ़ेद और समरूप है। उसने लक्ष्य किया था कि यहाँ के लोगों के दाँत ज़्यादातर पीलापन लिये हुए होते हैं और अक्सर ऊँचे–नीचे, टेढ़े–मेढ़े भी। टारा ने पूछा, 'भूख कितनी ज़ोर की लगी हुई है तुम्हें मैडन।'

मदन को यह प्रश्न कुछ अटपटा लगा लेकिन यह मानते हुए कि टारा तुरन्त डिनर कराने के मूड में नहीं है उसने कह दिया कि ऐसी कोई ख़ास नहीं, यद्यपि आज पैसे के अभाव में लंच में कुछ भी न लेने से उसके पेट में चूहे कूद रहे थे उस समय। 'वंडरफुल'। कहते हुए टारा ने कार चला दी फिर कहा, 'तो मैडन डिनर लेने से पहले हम लोग

मेडिकल स्कूल के अस्पताल जायेंगे जहाँ मेरी माँ ने लम्बी बेहोशी के बाद आज ही आँखें खोली हैं। दिमाग़ी चोट की वजह से वह अंग्रेज़ी में बात करना भूल गयी है और किसी अनजान बोली में बोल रही है जो निश्चय ही उसके बचपन के गाँव की बोली होगी। मैं चाहती हूँ कि तुम उसके और हमारे बीच दुभाषिए का काम करो। करोगे ना?'

मदन फ़ौरन 'हाँ' कहते–कहते रुक गया कि कहीं लम्बे समय तक कम पैसे पर ऐसा काम करने के लिए वचनबद्ध न हो जाऊँ। टारा को लगा कि यह ग़रीब लड़का अब मेहनताना बढ़वाने के लिए नखरे करना चाहता है तो उसने बहुत प्यार से मैडन से कहा, 'एक ऐसी स्त्री के इलाज में मदद देने की अपील कर रही हूँ मैडन जो अगर मेरी माँ है तो गाँव–बिरादरी के नाते तुम्हारी भी कुछ लगती हैं। एक बार हाँ कह चुकने के बाद अब मुझे नाउम्मीद मत करना मैडन।' मदन ने झेंपते हुए कहा, 'नहीं, वो बात नहीं है। मैं तो सिर्फ़ यह सोच रहा था कि अगर आपकी माँ मेरे इलाके की न हुई तो उनकी बोली मेरी समझ में मुश्किल से ही आयेगी। वह कहाँ की हैं?'

टारा ने कहा कि यह तो मैं नहीं जानती। जब मदन ने टारा के अपनी ही माँ के विषय में इस अज्ञान पर हैरानी ज़ाहिर की तब और भी ज़्यादा हैरान करने वाली यह सूचना मिली कि टारा की अपनी माँ से मुलाक़ात बस चौदह महीने पहले ही हुई और उसकी माँ ने कभी भी अपने अतीत के बारे में बात नहीं की है।

मदन की तबीयत हुई कि पूछ ले कि आपकी माँ ने आपको इतने दिन उपेक्षित क्यों छोड़ दिया लेकिन यह सोचकर कि पहली ही मुलाक़ात में निजी बातें पूछना कहीं गँवारपन की निशानी न मान ले सम्भावित गर्ल–फ्रेंड उसने खुलते ओंठ बन्द कर लिये। उधर टारा ने अब काम की बात कर लेना ज़रूरी समझा। बोली, 'तो मदन क्या मैं मान लूँ कि अपनी माँ के इलाज में मुझे तुमसे मदद मिलेगी?' मदन के हामी भरने पर वह बोली, 'वंडरफुल। अब यह बतायें कि इस मदद के लिए तुम्हारा धन्यवाद मैं किस तरह कर सकूँगी?' मदन बोला, 'इसमें धन्यवाद की क्या बात है यह तो मेरा फ़र्ज़ है।' टारा को लगा कि यह जवाब बेहद नादानी का भी प्रमाण हो सकता है और भीषण चतुराई का भी। वह आगे की रणनीति तय करने की सोच ही रही थी कि मदन की जिज्ञासा संकोच पर हावी हो गयी और उसने कहा, 'मैं यह सोचकर हैरान हो रहा हूँ कि आपकी माँ आपसे चौदह महीने पहले ही क्यों मिलीं?'

सवाल सुनकर टारा के चेहरे पर पुती हुई नक़ली मुस्कान किसी ने पोंछ दी। मदन ने अपने गँवारपन को कोसते हुए कहा, 'माफ़ कीजिए मैं आपसे बहुत व्यक्तिगत सवाल पूछ बैठा।' टारा ने एक गहरी साँस भरते हुए कहा, 'मैं तो व्यक्तिगत सवाल पूछने वाले को तरस गयी हूँ मैडन।' मदन को अच्छा लगा कि टारा उस–जैसे को तरस रही थी। उसे अच्छा लगा कि वह उसे अपना जान अपने बारे में निस्संकोच सब कुछ बताने लगी अब।

टारा निकटवर्ती राज्य आयोवा में सीडर स्प्रिंग्स के एक वृद्ध दम्पति के घर में पली–बढ़ी थी और किशोरावस्था तक उन्हें ही अपना माँ–बाप मानती आयी थी। तभी उन्होंने एक दक्षिण भारतीय लड़का गोद ले लिया और उसके गोद लिये जाने के बाद टारा को अपने प्रति उनके प्यार में कुछ कमी होती नज़र आयी। इसके चलते तनाव बढ़ने लगा और बार–बार वह अपनी माँ से कहती रही कि गोद लिये हुए इस कलमुँहे की ख़ातिर तुम अपनी बेटी को उपेक्षित कर रही हो। इस पर माँ के मुँह से एक दिन निकल गया कि तुम भी गोद ली हुई हो और तुम भी भारतीय माँ की बेटी हो। टारा ने अपनी असली माँ का अता–पता जानना चाहा किन्तु उसे बताया नहीं गया। हाईस्कूल में ही उसने अपने ब्वॉय–फ्रेंड के साथ भागकर शादी कर ली। तीन साल और एक गर्भपात के बाद जब टारा घर लौटी तब तक उसे गोद लेने वाले दम्पति का परिवार बिखर चुका था। पिता मर गये थे और माता उस भारतीय लड़के को लेकर एरिजोना में बसने चली गयी थी। बड़ी मुश्किल से उससे सम्पर्क कर पायी। उसने अनुरोध किया कि जिस अनाथालय से गोद लिया गया था उसका अता–पता दे और असली माँ–बाप का नाम बताये। जवाब में उसने अनाथालय का पता दे दिया और कहा कि तुम्हारे बाप के बारे में कुछ नहीं जानती और तुम्हारी माँ के बारे में भी इतना ही पता है कि कोई भारतीय ईसाई महिला थी। फिर टारा ने अनाथालय वालों से सम्पर्क किया। उनसे पता चला कि जो

औरत उसे वहाँ छोड़ गयी थी वह सख़्त हिदायत कर गयी थी कि मेरा नाम और अता–पता किसी को न दिया जाय। चिरौरी करके नाम–पता मालूम किया। दोनों फ़र्ज़ी निकले। टारा ने अपनी माँ की खोज करने के लिए अख़बारों में विज्ञापन दिये, एक जासूस एजेंसी की सहायता ली लेकिन कोई बात बनी नहीं। तो वह अनाथालय को बता आयी कि अगर कभी वह स्त्री मुझे खोजती हुई आ पहुँचे तो उसे मेरा पता और फ़ोन नम्बर दे देना।

वर्ष बीतते गये। इस बीच टारा का पता बदलता रहा। फ़ोन नम्बर बदलते रहे। उसने अपनी असली माँ के मिल सकने की उम्मीद छोड़ दी और अपनी कानूनी माँ से पूरी तरह नाता तोड़ लिया। लेकिन चौदह महीने पहले उसकी माँ ने उसी जासूस एजेंसी की सहायता से उसका पता लगा लिया और मिलने आ पहुँची। उस साँवली बुढ़िया को देखकर टारा की पहली प्रतिक्रिया यह हुई कि मैं इसकी बेटी नहीं हो सकती। यह कोई बेसहारा बुढ़िया है जो मुझे ज़बर्दस्ती अपनी बेटी बनाकर अपने जीवन के अन्तिम दिन सुख–चैन से बिताना चाहती है। लेकिन जब उस स्त्री ने यह कहा कि मैं तुम्हारी खोज करती हुई इसलिए आयी हूँ कि अपना मकान और जमापूँजी तुम्हें सौंप सकूँ तब टारा को अपनी धारणा थोड़ी बदलनी पड़ी। टारा ने वायोमिंग के एक दूर–दराज गाँव में उस बुढ़िया की आश्रमनुमा सम्पत्ति अच्छे पैसों में बिकवा दी और उसका तमाम पैसा सरकारी बॉण्डों में लगवा दिया। उसने बुढ़िया को जो

अपना नाम रुथ बता रही थी, अपने साथ रख लिया और पाया कि अपने में ही सिमटी रहने वाली और ज़्यादातर समय पुस्तकों की सोहबत में बिताने वाली रुथ कभी–कभी उसे बहुत प्यार से देखती है और उसे सीने से लगाकर उसके बाल चूमती और अपने आँसुओं से भिगोती है लेकिन ऐसे अन्तरंग क्षणों में भी अतीत के बारे में कुछ पूछो तो चुप लगा जाती हैं। रुथ मध्यवर्ती हिमालय क्षेत्र की है और यह बात भी टारा को संयोगवश तब पता चली जब वायोमिंग वाला मकान ख़रीदने आये एक पर्वतारोही ने बातचीत में उस क्षेत्र का ज़िक्र किया और रुथ के मुँह से 'अच्छा फलाँ–फलाँ जगह तक भी गाड़ी सड़क बन गयी है'–जैसा एक उद्‌गार अनायास निकल गया और उस पर्वतारोही के यह पूछने पर कि आप वहाँ आख़िरी बार कब गयी थीं रुथ ने निःश्वास छोड़कर कहा कि इस जनम से पहले। कहा और उठकर चली गयी। टारा ने फिर कई बार रुथ से पूछा कि क्या आपका होमटाउन मिड हिमालयन रीजन में है और हर बार यही उत्तर पाया कि मेरा होमटाउन कहीं नहीं है।

मदन ने जानना चाहा कि क्या टारा को उस 'फलाँ–फलाँ' जगह का नाम याद है? उत्तर मिला, नहीं। क्या वह उस पर्वतारोही से सम्पर्क कर सकती है ? उत्तर मिला, नहीं, उसने मॉम का मकान नहीं ख़रीदा और फिर उससे सम्पर्क टूट गया। फिर टारा मानो इस प्रसंग को यहीं समाप्त कर देने की नीयत से बोली, 'मुझे यह मत याद दिलाइए कि अपनी मॉम

का अतीत जान सकने की मैंने कितनी कोशिशें की हैं और उनमें कितनी विफल रही हूँ। मैंने तो उस पर्वतारोही से उसी दिन एकान्त में अनुरोध किया था कि आप जिस जगह का ज़िक्र कर रहे हैं क्या आपको वहाँ कभी यह सुनने को मिला कि कोई स्थानिक लड़की अमेरिका बसने चली गयी? उसने बताया कि मैं वहाँ पाँच–दस साल के अन्तराल में तीन बार रह चुका हूँ लेकिन ऐसी कोई बात मैंने कभी सुनी नहीं उस इलाके में।'

कहकर वह ख़ामोश हो गयी। मदन को लगा मुझे इसके मौन का आदर करना चाहिए इसलिए यह पूछते–पूछते रह गया कि क्या आपको अपने पिता के बारे में कुछ पता चला?

अस्पताल में बुढ़िया बेहोशी से उबरकर नीम बेहोशी की एक ऐसी हालत में पहुँच चुकी थी जिसमें वह पूरी तरह एकाकार हो चुकी थी शिशु–पुस्तिका के पन्ने पलटती उस लड़की से और उसकी भाषा बुढ़िया की भाषा बन चुकी थी। बॉल मोड और गिनुवा मोड के बीच अटका उसका दिमाग़ी कम्प्यूटर अब गिनुवा मोड में पहुँच गया था। वह अपने गाँव बनौली बाटेसर में थी अब। दूर–दराज के निर्मम मामा के यहाँ रहने वाली अनाथ बच्ची रुकली। वह उनके घर के तमाम छोटे–बड़े कामों में हाथ बँटाती है जिसकी एवज़ में उसे रूखा–सूखा खाने और रात को मवेशियों के साथ निचली मंज़िल के कमरे गोठ में गोबर–गोमूत–गन्ध में सो जाने का सुख मिलता

है। इसी गोठ की एक दीवार में रुकली यहाँ–वहाँ पड़ी चीज़ें लाकर छिपाकर रखती है। यही उसका ख़ज़ाना है। उसके दोस्त हैं मेंमने जिन्हें वह अपने मन की बातें बताती है। वह बहुत अच्छा गा–बजा लेती है इस छोटी उम्र में भी और गाँव के मन्दिर के मेले में अक्सर अपनी बिरादरी की उस टोली में शामिल हो जाती है जिसे बाहर बैठकर चमड़े वाले वाद्य बजाने का गौरव मिलता है। उनके साथ ही वह 'जागर' लगाने–देखने भी जाती है। कण्ठस्थ हैं उसे सब बोल उनके।

गाड़ी अस्पताल के अहाते में दाख़िल हुई। टारा ने कहा, 'तो हम आ पहुँचे।' टारा का मौन टूटने से उत्साहित मदन ने बेल्ट खोलते हुए पूछ लिया, 'आपकी माँ को दिमाग़ी चोट पहुँची कैसे ?' टारा के चेहरे पर तीव्र वेदना उभर आयी। फिर वह सुबकने लगी। मदन अपराध बोधग्रस्त हो चला। उसने दिल दुखाने के लिए माफ़ी माँगी।

टारा आँसू बहाते हुए चीख़ी, 'दिल तुमने नहीं, मेरी माँ ने दुखाया है जो मुझे जनमते ही अनाथालय में छोड़ आयी और फिर मेरे जीवन में लौटी भी तो बराबर यह बताने से इनकार करती आयी कि वह ख़ुद कौन है और मेरा बाप कौन था। बस यही दुहराती रही कि तुम्हारा बाप तो मेरे लिए उसी दिन मर गया था बेटी जिस दिन तुम गर्भ में आयीं। बलात्कार की औलाद रही होऊँगी मैं, मैडन। मैं पैदाइशी अपराधी हूँ मैडन, और मेरी वजह से ही

माँ बेचारी आज अस्पताल में है। मेरे बाप के बारे में उसकी ख़ामोशी से मैं इतनी झुँझला उठी कि अपनी सालगिरह पर नशे में मैंने उसे यह कहकर धक्का दे दिया कि जब पैदा होते ही मुझे अनाथालय में रख आयी थीं तब इतने सालों बाद मुझे दुबारा अनाथ बनाने के लिए क्यों लौट आयीं मेरी ज़िन्दगी में? अब जाओ दफ़ा हो जाओ। वह सिर के बल गिरी और उसे दिमाग़ी चोट आ गयी। अब होश आया है तो मुझे भूल चुकी है।'

मदन के लिए सामने बैठी टारा बेटी की भूमिका में बच्ची बन गयी। वह इस बिलखती बच्ची की व्यथा पर विगलित होने लगा। कायदे से उसे हमदर्दी जताने के लिए सामने रखे डिब्बे से टिश्यू नैपकिन निकालकर यह कहते हुए देना चाहिए था कि 'डोंट क्राई'। उस नादान ने 'डोंट वीप' कहा और फिर पहाड़ी बुजुर्गों के अन्दाज़ में उसे 'नो–नो–नो' कहकर पुचकारता भी चला गया। गाड़ी अस्पताल के अहाते में दाख़िल हो रही थी। टारा ने गाड़ी पार्क की। सुबकियाँ अब भी उसके भीतर से उठ रही थीं। वह अपनी उल्टी हथेली खुले ओंठों पर रखकर उन पर ढक्कन–सा लगाने की कोशिश कर रही थी। अपराध बोधग्रस्त मदन ने उसे बहुत सहानुभूति से देखा और इस बार बुजुर्गाना की जगह दोस्ताना तेवर अपनाया। एक टिश्यू पेपर निकाला और उसे टारा की ओर बढ़ाते हुए बोला, 'खुलकर रो लीजिए, हमारे यहाँ कहते हैं रो लेने से जी हल्का होता है।'

वह रोती रही और सोचती रही कि अगर मेरे पहले पति ने शादी से पहले मेरा गर्भपात न करवाया होता तो इस लड़के की उम्र की मेरी कोई औलाद होती आज। इससे उसकी रुलाई और तेज़ हो गयी। फिर उसके मन में यह विचार उठा कि मेरी वह औलाद क्या अब तक मुझसे झगड़कर उसी तरह घर से भाग न गयी होती जैसे मैं इस गर्भपात प्रसंग के बाद कानूनी माँ से लड़कर भागी थी? इस विचार ने उसका क्रन्दन कुछ और बढ़ा दिया। फिर वह यह सोच–सोचकर कुछ और रोने लगी कि मेरी कोई औलाद ही नहीं है। पहले संगीतकार पति तो बाप बनने की ज़िम्मेदारी लेना ही नहीं चाहता था। दूसरा आध्यात्मिक क्रान्तिकारी स्वतन्त्र पत्रकार पति उसे पिल्स पर रहकर अपने 'कॅरिअर' यानी सेवनइलैवन स्टोर की दिहाड़ी और कम्युनिटी कॉलेज की पढ़ाई पर ध्यान देने की नेक सलाह देता रहा। तीसरा समलैंगिक निकला और चौथे ने बाल–बच्चेदार होने के कारण टारा को माँ बनाने से इनकार तो किया ही साथ ही एक परिष्कृत और प्रतिष्ठित व्यक्ति होते हुए भी हर रात टारा को यह मानने के लिए बाध्य किया कि कोड़ों से पीटे जाने से बड़ा रतिसुख कोई नहीं।

मदन रोती हुई टारा की पीठ पर हाथ फेरने लगा। अब टारा को यह सोचकर रोना और हँसी दोनों आने लगे कि यह मेरी औलाद–जितना लड़का मेरे प्रति आदरपूर्ण नहीं, मैत्रीपूर्ण व्यवहार कर रहा है और मुझे भी वह बेटे या छोटे भाई से अधिक मित्र ही लग रहा है। तो टारा ने टिश्यू पेपर निकालकर ज़ोर

से नाक सिनकी। मदन को गर्ल–फ्रेंड की इस हरकत पर थोड़ी वितृष्णा हुई लेकिन वह जानता था कि यही विलायती रिवाज है। फिर मानो उसकी वितृष्णा को लक्ष्य करते हुए ही टारा बोली, 'सॉरी।' और अपने सुगन्धित रुमाल से मुँह पोंछने लगी। मदन ने पूछा, 'हल्का हुआ जी?'

वह मुस्करा दी, 'मेरा जी तो इस बात से ही हल्का हो गया है मैडन कि मुझे कोई तो मिला जिसे मेरे जी का हाल जानने में दिलचस्पी है। आज की आपाधापी की दुनिया में न तो किसी को किसी का दुखड़ा सुनने की फुर्सत है और न हाल जानने की। मैं तो इधर अपने मन की बात कह सकने का अवसर पाने की ख़ातिर एक मनोविश्लेषक को तगड़ी फ़ीस देती रही हूँ।' वह हल्के से हँसी और फिर पर्स से वेनिटी किट निकालकर अपना मेकअप दुरुस्त करने लगी। मदन उस अजीब देश के बारे में सोचने लगा जिसमें मन की बात सुनाने के लिए बस मनोविश्लेषक ही मिल पाता है, जिसमें अधेड़ बेटियाँ अस्पताल में माँ से मिलने जाने के लिए भी अपना मेकअप दुरुस्त करती हैं, जिसमें कोई माँ पैदा हुई बेटी को अनाथालय में दे आती है, सालों बाद फिर उसे ढूँढ़ती हुई पहुँच जाती है लेकिन बेटी को यह नहीं बताती कि उसका बाप कौन था? ऐसा देश जिसमें लोग–बाग सिद्धान्ततः बच्चे पैदा नहीं करते और साथ ही सिद्धान्ततः बच्चे गोद भी लेते रहते हैं। कभी ज्ञात माता–पिता को छोड़ देते हैं और कभी अज्ञात माता–पिता की जानकारी हासिल करने के लिए इतने पगला जाते हैं कि न

बताने वाले को दिमाग़ी चोट पहुँचा बैठते हैं। एक साथ आतंकप्रद और आकर्षक लग रहा था मदन को यह अजनबी देश और वह अजनबी औरत भी, जिससे इस क्षण वेनिटी केस के छुटंके आईने में उसकी आँखें लड़ गयी थीं। टारा मुस्करायी। वेनिटी केस को बन्द करके उसने पर्स में डाला और अपने दोनों हाथों में उसका बायाँ हाथ लेते हुए बोली, 'थैंक्स माइ डियर मैडन फॉर लैटिंग मी हैव अ गुड क्राई। इट वॉज़ रीयली स्वीट ऑफ़ यू।'

अमेरिका में कुछ महीने बिता चुका मदन इतना तो जान ही चुका था कि डियर और स्वीट जैसे शब्दों के प्रयोग को आत्मीयता का प्रमाण यहाँ नहीं माना जाता लेकिन टारा ने उसे डियर पुकारते हुए उसका हाथ भी दबाया था। इसलिए उसे आत्मीयता की पर्याप्त सम्भावना नज़र आयी। बहुत हिम्मत करके उसने टारा की आँखों में आँखें डालकर कहा, 'रीयली स्वीट ऑफ़ यू डियर टारा टू हैव थैंक्ड मी।' कहते हुए झेंप गया। टारा ने बहुत प्यार से देखा उसे और फिर मुस्कराते हुए बोली, 'यू हैव अ क्यूट वे ऑफ़ सेइंग थिंग्स माई फ्रेंड।' मदन को अच्छा लगा कि टारा ने मेरी स्वीटनैस और क्यूटनैस से प्रभावित होकर मुझे अपना फ्रेंड बना लिया है।

रोगिणी के कमरे में क़दम रखते ही मदन को कुछ ऐसा सुनाई दिया जिसे अमेरिका में सुन सकने की वह कल्पना भी नहीं कर सकता था। पलँग पर लेटी एक दुबली–पतली बुढ़िया, जिसका रूप–रंग,

नाक–नक्श सब उसे अपनी सदय दादी की याद दिला रहा था, उसके अपने इलाके के जागर के बोल बड़बड़ा रही थी, 'गोरिया जब तगै नूण का खाण हालिगो त्वील आनी–पानी कसी करी?'

अचरज–पर–अचरज यह कि बुढ़िया किसी छोटी लड़की की आवाज़ और अन्दाज़ में बोल रही थी। डॉक्टर, नर्स और टारा तीनों ने मदन पर प्रश्नवाचक दृष्टि जमा दी। डॉक्टर ने तो पूछ ही लिया कि आप समझ पा रहे हैं यह क्या कह रही हैं?

मदन ने कहा कि हाँ, ये मेरे ही इलाके की लगती हैं। अब दिक़्क़त यह थी कि जागर कैसे परिभाषित करे इन लोगों के लिए? ख़ैर, उसने बताया कि हमारे मध्यवर्ती हिमालय के गाँव–देहात में अगर किसी पर कोई विपदा पड़ती है तो वह जागर लगाने वाली टोली बुलाता है। टोली का गायक–वादक जगरिया कहलाता है और वह किसी अभीष्ट देवता का आह्वान करने के लिए उसी तरह के बोल बोलता है जैसे बुढ़िया बोल रही है। मण्डली का एक अन्य सदस्य डंगरिया होता है जो नाच–नाच कर उस अभीष्ट देवता को अपने में अवतरित कराता है। जब डंगरिया 'औतरिया' जाता है तब जगरिया उससे जजमान की विपदा का कारण और समाधान पूछता है और अवतरित हुआ देवता डंगरिया के मुँह से उत्तर देता जाता है।

नर्स श्रद्धाभाव से बोली, 'वही हुआ ना–होली स्पिरिट का आह्वान करना।'

डॉक्टर ने मतलब की बात की और कहा, 'आप इनसे अपनी बोली में बातचीत कीजिए।'

उसने कोशिश की लेकिन बुढ़िया–बच्ची पूरी तरह से जगरिया की भूमिका में डूबी हुई थी और सृष्टि की उत्पत्ति का वर्णन करते हुए पृथ्वी, सूर्य, चन्द्र, आकाश, जड़, चेतन सभी का आह्वान कर रही थी–

'जै हंकारो, परथमै अण्ड फूट डण्ड,
नव खण्ड मान माँ, तल धरती ऊपर अगास,
रचै मेरू मन्दिर गिरि कविलास, जै भूमियाँ भल करिये,
सिद्धि करिये सफल कामना, निरंकार।
जै हो शम्भु निरंकार, अकासे तम्बू पाताले खम्ब,
परथमै पाताले, जत्त से सत्त,
धुर्म कुर्म राहु गज अगास,
सात द्वीप बत्ती सप्त समुद्र तुमरो हंकारों।
कौन कौन द्वीप, कुसुम दीप, कुरंच दीप,
सिंहल दीप, सएपत दीप, पोखर दीप,
कनक दीप इते सप्त दीप वत्ती।
सप्त समुंद्र, खैरी समुंद्र, खारी समुंद्र
पाड़ोला समुंद्र, मोहादधि,
रतनागिरि समुंद्र, कास समुंद्र
पाताल समुंद्र इते सप्त समुंद्र,
तुमारो हंकारो, सम्भु निराकार!
जाँ छै बाबा ऊँचा हिमाल! नाचा पयाल।
कीरी कसमीर पकली पोखर, ताता तप्त कुण्ड
सेला गौरी कुण्ड, नीलकण्ठ नैपाल, पंछी का पीपल,
सिष्टि का बनाण, दो मुखिया सर्प कालिया का कोपा,

आद घड़ी आदीनाथ, चार घड़ी, चौरंगी नाथ,
बार घड़ी बैजनाथ।
जै सिप सम्भो दया करो, सुदिष्टि हो, मनोकामना
पूरण हो,
जै हो सम्भु निराकार, परनी का देवताओं को
मनै दीया
आदि अनन्त कोटि भगवान–
अठत्तर भैरों, कल भैरों, थल भैरों, काल भैरों,
कंकाल भैरों नाथ बुद्ध नाथ भैरों तुमरो हंकारो–
जै हो वीर सुफल कामना करिये,
बूड़ो केदार भोला शम्भुनाथ
घोर समुंद्र, अघोर समुंद्र, शेष समुंद्र, खारी समुंद्र
ब्रह्मा का वेद, गौरी का गणेश
कीड़ी मकोड़ी, पशु–पक्षी, तुमरो हंकारो।'

जब बुढ़िया साँस लेने के लिए रुकी तब मदन ने बताया कि वह अब भी जागर के ही बोल सुना रही है। टारा ने कहा कि प्लीज़ मॉम को बताओ कि वह न बच्ची है, न अपने गाँव में है लेकिन डॉक्टर ने सलाह दी मैडन को कि फ़िलहाल जागर के माध्यम से ही मरीज़ा से जुड़ा रहे। तो मदन ने जल्दी से पहले उसके पाँव छुए और फिर जागर की परम्परा का निर्वाह करते हुए जजमान बनकर हाथ जोड़े खड़ा हो गया। बुढ़िया जो अब तक जगरिया बनी हुई थी डंगरिया बन गयी। और आशीर्वाद में हाथ उठाकर अपना स्वर नीचा करके देवता की वाणी में बोली, 'जी रया, खुशी रया। एकै की इक्कीस पाँचे की पच्चीस हैजो।' फिर उसने मदन से उसका नाम और गाँव–गोत सब पूछा।

मदन ने बताया। बुढ़िया–बच्ची जागर जारी रखने के मूड में नज़र आयी। उधर अधैर्यवान टारा ने मदन को टोककर पूछा कि मेरी मॉम कह क्या रही है? जब मदन ने बताया कि यह मुझे अपना जजमान मानकर मुझसे आवश्यक जानकारी ले रही है। डॉक्टर बोला, 'बेहतर हो कि आज आप मरीज़ से आवश्यक जानकारी हासिल करें। अगर यह छोटी लड़की बनकर बातें कर रही है तो आप बुज़ुर्ग बनकर इससे पूछें ज़रा डपटकर।'

तो मदन ने मुस्कराते हुए किन्तु किंचित कठोर स्वर में कहा, 'यह जगरिया होने का नाटक ख़त्म कर लड़की और अपना नाम–धाम बता।'

बुढ़िया–बच्ची सकपकाकर बोली, 'मैं बनौली बाटेसर की रुकुली हूँ।'

मदन अपने पुश्तैनी गाँव से कई कोस दूर और तीन चढ़ाइयों के बाद वाले बनौली बाटेसर में कुल दो बार गया था सो भी हाल में। एक बार अमेरिका में फ़ीस मिल सकने की मनौती मनाने और दूसरी बार इसके लिए बाटेसर देवता का धन्यवाद करने। बामण और बहुत से डूम परिवारों के उस गाँव में मदन के परिवारवालों की कोई रिश्तेदारी न थी कि ख़ुशी–गमी पर जाना पड़ता। ख़ैर, कुछ ही महीने पहले देखे उस गाँव के बारे में सारी जानकारी मदन के दिमाग़ में ताज़ा थी। सो बच्ची–बुढ़िया का 'वाइवा' लेने लगा। पूछा, 'वहाँ की है तो बता तेरे गाँव का नाम बनौली है कि बाटेसर? दो–दो नाम थोड़ी होते हैं एक गाँव के।'

वह बोली, 'वो ऐसा हुआ ना कि बनौली भी एक नाम ठहरा पुराना। द्‌यार और बांज का उतना घना बन जब ठहरा वहाँ तब बनौली नहीं कहते तो क्या कहते? लेकिन नीचे वाले गाँव के लोग भी अपने को बनौली बताने वाले ठहरे। अच्छा, महिमा जो भी ठहरी हमारे बाटेसर मन्दिर की ठहरी तो तल्ला बनौली वालों ने नीचे से आते लोगों को अपना नागेसर मन्दिर ही बाटेसर बताना शुरू कर दिया। इस पर अन्धेर झगड़ा हुआ बल। फिर सरकार ने तल्ला बनौली को बनौली नागेसर नाम दे दिया और हम बनौली बाटेसर कहलाये। नागेसर देख रखा तुमने? खाली चट्‌टान पर नाग–जैसा बना हुआ है हवा–पानी के असर से।'

मदन ने चुटकी ली, 'तुम्हारे बाटेसर में भी क्या है देखने जैसा? एक के ऊपर एक पड़ी दो चट्‌टानें जिनमें से ऊपर वाली थोड़ी–थोड़ी लिंग जैसी और नीचे वाली थोड़ी–थोड़ी योनि जैसी।' बच्ची–बुढ़िया बोली, 'लगता है तुमने आँख खोलकर देखा ही नहीं हमारा मन्दिर। अहा कित्ता सुन्दर है। ऊपर चट्‌टानों से शिवलिंग पर दूधिया पानी की धार कैसी पड़ती रहती है।' मदन ने छेड़ा, 'मुझे तो नागेसर ज़्यादा सुन्दर लगा।' बुढ़िया बोली, 'सिर–स्वाहा सुन्दर है वह। इच्छा पूरी करने की कोई ताक़त जैसी भी नहीं है नागेसर के पास। हमारे बाटेसर से सच्चे मन से जो माँगोगे ज़रूर मिलेगा, इत्ता ज़रूर ठहरा कि कुछ ऐसा माँगोगे जिससे तुम्हारा या किसी और का बुरा होता होगा तो बाटेसर नहीं करेगा।'

मदन ने और मज़ा लेने के लिए कहा, 'मैं जब परार के साल यहाँ आया था तब मैंने तुम्हारे बाटेसर से यह माँगा था कि मेरी शादी करा दो, लेकिन नहीं हुई। मेरा ब्याह हो जाने से किसी का क्या बुरा हो जाता जो तुम्हारे बाटेसर ने नहीं सुनी मेरी?'

रुकुली तुनककर बोली, 'अरे! मैं बच्ची तक समझ ले रही हूँ फिर तुम कैसे नहीं समझ पा रहे हो? हो सकता है कि तुम्हारी घरवाली महा–लड़ाकी आती और तुम्हारी इजा–बौज्यू का जीना मुश्किल कर देती। बड़ा सिद्ध है हम लोगों का बाटेसर। पहाड़ में ही नहीं, देस में भी उसका बड़ा नाम है। सामन के सोमवारों पर बड़ा ज़बर्दस्त मेला भरता है यहाँ। ठेठ लखनऊ–बम्बई–दिल्ली की इंडिया तक से लोग आते हैं। आज तो तुम्हें हमारे गाँव में बस बोट ही बोट नज़र आ रहे होंगे, मैस मुस्किल से दिख रहे होंगे। अगर जो सामन में आओगे यहाँ मैसों की भीड़ में तुम्हें बोट नज़र ही नहीं आयेंगे।'

मदन बोला, 'कैसे नज़र नहीं आयेंगे तुम्हारे यहाँ बाटेसर के दर्शन करने मैस आते कि राक्सस? बाँज और दयार के पेड़ों से भी ऊँचे होते हैं क्या वो?'

रुकुली बोली, 'मैंने ये जो थोड़ेई कहा कि पेड़ के ऊपर का हिस्सा भी नज़र नहीं आता देखो तो! बाटेसर मन्दिर की गुफा तो तुम्हारी देखी ठहरी कितनी खुली–चौड़ी और हवादार है वो। लेकिन सामन के किसी सोमवार में आओगे तो उसमें तुम्हारा दम घुटने जैसा लगेगा और फिसल जो गये तो कुचले जाओगे। और जो ध्यान नहीं रखोगे तो

फिसलोगे कैसे नहीं? बहुत ही निखद्द होता है कहा हमारे यहाँ का सामन। द्यौ का तहौड़ा ऐसा लगता है, बब्बा हो औरि बात! तहौड़ा रुक भी जाये झरी तो थमती ही नहीं है। जहाँ देखते हो कीचड़। जहाँ पाँव रखते हो फिसलन। कीड़े–मकोड़े इतने कि अब मैं तुम्हें क्या बताऊँ! जोंकें ऐसी ज़बर्दस्त कि बाहर का तो ख़ून चूस ही लेंगी, छुड़ाकर नहीं फेंकोगे तो और ख़ून चूसने के लिए भीतर घुस जायेंगी। पल्ला घर में बंसिया–बंसिया नाम का जो लड़का क्या रहता है, उसकी नाक में से लप–लप–लप झाँकती रहती हैं जोंके। उसके बौज्यू ना चिमटा तात करके उससे पट्ट पकड़ नाक से खींच लेते हैं उन्हें।'

मदन बोला, 'अच्छा! तब तो तुझे सामन का महीना बहुत बुरा लगता होगा?'

बुढ़िया–बच्ची बोली, 'बुरा क्यों लगेगा, देखो तो! मेला भरने से उत्ती रौनक जो होती है। सामन में ही होने वाली ठहरी असली आमदनी। मन्दिर में बामणों की तो जेबें भर जाती हैं। हम लोग भी बाहर बैठे रहते हैं–बाजा बजाने के लिए। कुछ सिक्के हम लोगों की ओर भी फेंक जाते हैं भगत लोग।'

इससे साफ़ था कि बुढ़िया डूम यानी दलित परिवार में जन्मी है। बाटेसर में जन्मी डूम बच्ची अमेरिका कब और कैसे पहुँच गयी– मदन सोचकर हैरान हुआ। इस बीच बुढ़िया–बच्ची ने अपने बयान में इतना और जोड़ दिया, 'कभी–कभी भगत लोगों की छोटी–मोटी चीज़ रास्ते में गिरी मिल जाती हैं। मैं उन्हें उठाके सँभाल लेती हूँ। उनसे ही खेलती हूँ। मेरे इजा–बौज्यू तो स्वर्ग में हैं

और मामा मेरे लिए कुछ ख़रीदते नहीं हैं। ख़रीदेंगे भी कैसे, उन्हें गाना–बजाना आता नहीं, इसलिए कुछ ख़ास कमाई जैसी ठहरी नहीं। अपने खुद के पाँच बच्चे अलग ठहरे उनके। और फिर मेरे कोई सगे मामा थोड़ेई ठहरे। बहुत ही लगड़ता–पगड़ता रिश्ता ठहरा मेरा उनसे।'

बुढ़िया की आँखें छलछला गयीं। टारा ने व्यग्र होकर पूछा कि क्यों रो रही है मॉम? मदन ने अब तक की बातचीत का सार–संक्षेप सुनाया। डॉक्टर को दूसरे मरीज़ देखने थे इसलिए बोला, 'मैं समझता हूँ कि आज के लिए इतना ही काफ़ी है। वैसे भी अब इन्हें स्मृतिलोप के इलाज में माहिर किसी मनोचिकित्सक को सौंपना होगा।'

लेकिन टारा ने ज़िद की कि मॉम को आईना दिखाकर समझाया जाय कि वह इंडिया के किसी गाँव में रहने वाली बच्ची नहीं अमेरिका में रहने वाली बुढ़िया है और मैं उसकी बेटी हूँ। डॉक्टर इस सुझाव के बारे में बिल्कुल उत्साही नहीं था लेकिन टारा ने अपने वेनिटी केस का आईना बार–बार यह दोहराते हुए रोगिणी को दिखा ही दिया कि समझने की कोशिश करो मॉम कि तुम अमेरिका में हो और मैं तुम्हारी बेटी टारा हूँ। नन्ही रुकुली की निगाह उस नन्हे से दर्पण में बैठी अजनबी बुढ़िया से मिली और वह हतप्रभ हो गयी। बेहोशी से उबरने के बाद उसे पहली बार बोध हुआ कि कुछ गड़बड़ है मुझमें और मेरे आसपास के माहौल में। टारा उसके बालों में अँगुलियों से कंघी करते हुए बोली, 'मॉम आई एम टारा।' लगभग कातर स्वर में उसने मदन से कहा,

'यह क्या छल डाल दिया मुझ पर किसी ने और यह औरत कौन है जो आँसू बहा–बहाकर मुझसे कुछ कह रही है।'

मदन ने बुढ़िया को बताया, 'आमा, यह तुम्हारी बेटी टारा है। सिर पर चोट आने से तुम बेहोश हो गयी थीं इसलिए इलाज के लिए यहाँ अस्पताल में हो इस समय।' बुढ़िया कातर स्वर में बोली, 'मुझे तो कुच्छ भी समझ में नहीं आ रहा। हमारे बनौली बाटेसर में तो ऐसा कोई अस्पताल नहीं।' मदन ने कहा, 'तुम अमरीका में हो आमा, अमरीका, बिलैत, समझीं।' बुढ़िया हैरान होकर बोली, 'बिलैत कैसे आ गयी मैं, बताओ तो।' मदन ने कहा, 'वह तो तुम ही बताओगी आमा? कौन लाया तुम्हें यहाँ ?'

बुढ़िया सोच में पड़ गयी। मदन ने उससे हुई बातचीत का सार–संक्षेप सुनाया। तभी टारा बोली कि जिस समय मॉम बेहोशी से पहली बार उबरी 'गेन्–उ–आह'–जैसा कुछ कह रही थीं। कहीं वह इनके होमटाउन का नाम तो नहीं। मदन ने बताया कि न इस नाम की कोई जगह है और न ऐसा कोई शब्द। डॉक्टर ने कहा कि इससे मिलता–जुलता कोई और शब्द होता है ? और सहसा मदन अपने बचपन में लौट गया–'गिनुवा।' पूछा उसने, 'कहीं गिनुवा तो नहीं कह रही थीं जिसका मतलब बॉल होता है ?' टारा ने प्रफुल्ल होकर हामी भरी। और मदन ने बुढ़िया–बच्ची से पूछा, 'क्यों री तेरा गिनुवाँ कहाँ गया?' वापस रुकुली की भूमिका पर जाने पर रोगिणी प्रसन्न हुई। और फिर उसकी स्मृति ने उस

शिशु–पुस्तिका की जगह 'दुदबोली' में एक फ़िल्म शुरू कर दी बीच से।

मैले–कुचैले और जटा–जूट बालों वाली वही लड़की रुकुली बाँज और द्यार के जंगलों में अपने मामा की भेड़–बकरियों को चराते हुए कभी उनसे और कभी ख़ुद अपने से बातें करती हुई यह जानने के लिए इधर–उधर निगाह दौड़ाती रहती है कि कहीं कोई ऐसी चीज़ उग तो नहीं रही है, जिसे चुनकर खाया जा सकता हो या पड़ी हुई तो नहीं है कि उसे उठाकर अपना बनाया जा सकता हो? वह दो–चार जंगली फल खा चुकी होती है, एक जंगली फूल तोड़कर अपने जटा–जूट बालों में किसी तरह खोंस चुकी होती है, काठ की कंघी का एक दाँत, काले धागे से लटका एक टूटा ताबीज़ और माचिस की एक खाली डिबिया उठाकर अपने लबादे को मोड़कर बनायी गयी झोली में डाल चुकी होती है कि झरने वाले मोड़ के ठीक नीचे दो चट्टानों के बीच अटकी हुई एक रंग–बिरंगी बड़ी–सी गेंद उसे नज़र आती है, जिसकी ओर सबसे छोटा मेमना लपक रहा होता है।

गेंद को सूँघते हुए मेमने को वह बताती है, 'आसमान में जो स्वर्ग है न, मेरे इजा–बौज्यू उसमें रहते हैं और मैंने कल मन्दिर के पास खड़े होकर बाटेसर देवता से प्रार्थना की थी कि मेरे बौज्यू को यह बता दो कि मुझे एक गिनुवा चाहिए। तो यह गिनुवा मेरे बौज्यू ने अकास से गिरा रखा है मेरे लिए।' बच्ची गेंद को छाती से लगा लेती है

और बार–बार दोहराती है, 'आऽ... हाऽ... कस भल गिनुवा भेज राखौ ईजु–बौज्युल म्यार लिजि।' फिर वह घबराकर इधर–उधर देखती है कि कहीं कोई और दावेदार तो नहीं है इस गिनुवा का? फिर वह हँसकर मेमने से कहती है कि 'यह रुकुली भी भौंदू होगी जो यह सोचकर डर रही है कि किसी और का हो सकता है यह गिनुवा! अरे इस निखिद्द गाँव में किसके पास हो रहा है निमखण पैसा जो अपने बच्चे के लिए इतना बड़ा रंग–बिरंगा गिनुवा ख़रीद सके? और जो तुम मुझसे पूछते हो तो ऐसा गिनुवा तो महाराज सारी दुनिया में कहीं होता ही नहीं होगा! स्वर्ग से भिजवाया हुआ गिनुवा ठहरा।'

पगडण्डी पर आगे बढ़ते लड़की बारी–बारी से आश्वस्त और आशंकित होती रहती है। वह गिनुवा से कहती है कि 'तू ऐसा मत समझना कि यह रुकुली डरकुलि है लेकिन ऐसा ठहरा ना कि एक तो हम हुए गाँव के छोटे लोग और मैं हुई उनमें भी छोटी बच्ची। मेरे लिए तो तू बहुत ही बड़ी चीज़ ठहरा रे। मेरे पास तू होगा सबकी नज़र लगेगी। कहेंगे कहीं से चुरा कर ला रही मैं। बड़े लोगों के किसी बच्चे की नज़र पड़ गयी तो वह अपने बौज्यू से कहकर तुझे मुझसे छिनवा लेंगे। तुझे कहाँ छिपाऊँ? और चीज़ों को तो छिपाने के लिए मैंने गोठ में एक जगह बना रखी है। वह जो दीवार का एक पत्थर गिरने से खाली जगह क्या बन गयी है, वहाँ छिपा देती हूँ। हाँ फिर! लेकिन तू तो उसमें घुस ही नहीं सकेगा। और घुस सकता भी तो मैं तुझे वहाँ तक ले कैसे जाऊँगी? अभी मेरा

मामा आ जायेगा और तुझे मुझसे छीन लेगा। कंस से भी ख़राब मामा ठहरा वो। हाँ फिर। छीनकर दे देगा अपने बेटों को।'

फिर वह लड़की गिनुवा से कहती है, 'तुझे यहीं कहीं छिपा देती हूँ, ठीक हुआ? यहीं तुझसे खेल लिया करूँगी।' लेकिन गिनुवा कहता है, 'जो तू औरों को दिखा–दिखाकर मुझसे न खेल सकेगी तो मैं तेरे पास हुआ नहीं हुआ एक ही बात ठहरी। नहीं ठहरी?' अब लड़की सोच में पड़ जाती है। तभी पगडण्डी के निचले सिरे से एक गोरा–चिट्टा तगड़ा लड़का दौड़ता हुआ आता है और गिनुवा की ओर इशारा करते हुए कहता है, 'दैट्स माइन। गिव इट बैक टू मी।' उसका एक भी शब्द लड़की के पल्ले नहीं पड़ता लेकिन वह इतना ज़रूर समझ जाती है कि इस लड़के का दिल गिनुवा पर आ गया है। वह झट गिनुवा को पीठ के पीछे छिपा लेती है। और तभी एक गोरी–चिट्टी अधेड़ मीम थोड़ी हाँफती हुई मोड़ पार करके पहुँचती है। लड़की ऊपर की ओर भाग जाना चाहती है। लेकिन उधर से एक काला अधेड़ आदमी उतरता नज़र आता है। लड़की फिर पीठ फेर लेती है। लड़का गिनुवा छीनने के लिए उस पर झपटता है। वह ज़ोरदार लात चलाकर उसे रोकती है। लड़का दर्द से कराहते हुए उसी अनजान भाषा में कुछ–कुछ कहता है और उसका हर शब्द लड़की को गन्दी गाली–सा सुनाई पड़ता है।

ऊपर से उतरकर आता हुआ अधेड़ आदमी भी लड़की को गन्दी–गन्दी अंग्रेज़ी गालियाँ देने

लगता है मानो गोरे–चिट्टे लड़के की गालियों का 'दुदबोली' में अनुवाद कर रहा हो। लड़की अपने पर फिर से टूटते लड़के पर इस नीयत से लात चलाती है कि जैसे ही यह दर्द से कराहता हुआ दूर होगा मैं भाग खड़ी होऊँगी। लेकिन इस बार लड़का उसका वार बचाते हुए उसकी टाँग पकड़कर मरोड़ता है और वह दर्द से कराहती हुई गिर पड़ती है लेकिन गिनुवा को छाती से चिपकाये रहती है। गोरा बच्चा छीनने की कोशिश करता है लेकिन पीछे से आकर गोरी मीम उसे रुकुली से अलग कर देती है। उधर काला आदमी रुकुली के गालों पर अपनी अँगुलियों के निशान छोड़ता हुआ ज़ोरदार तमाचा रसीद करता है और गिनुवा गोरे बच्चे को देकर गोरी मीम के आगे हाथ जोड़े बख्शीश पाने की मुद्रा में खड़ा हो जाता है। काली बच्ची गोरी मीम के आगे रोते हुए दुहाई देती है, 'यो गिनु म्यर छु। म्यार बौज्यूल स्वर्ग बै भेजि राखौ म्यार लिजि।'

गोरी मीम कुछ समझ नहीं पाती लेकिन काला आदमी अपनी चोर भांजी काली बच्ची को इस लचर सफ़ाई पर पीटता चला जाता है और कहता है कि ऐसे वाहियात झूठ बोली न तो तेरे को भी तेरे बौज्यू के पास पहुँचा दूँगा स्वर्गधाम। गोरी मीम आकर उसे रोकती है और गेंद गोरे बच्चे को देते हुए कहती है, 'जॉन गिव दिस बॉल टू योर सिस्टर।' वह जॉन को उस बच्ची की ओर घसीटकर ले जाती है लेकिन जॉन गेंद देने से इनकार करते हुए कहता जाता है, 'आइ हैव नो सिस्टर।' गोरी मीम कहती है कि

इसीलिए मैंने इस ग़रीब मायूस प्यारी बच्ची को तेरी बहन बनाने का फ़ैसला कर लिया है। बच्चा पाँव पटक–पटककर कहता रहता है, 'शी कैन नेवर बी माई सिस्टर।'

इस फ़िल्म के दौरान बीमार बुढ़िया कभी बच्ची, कभी बच्चे और कभी मर्द की आवाज़ में कुछ बड़बड़ाती रही और उसके चेहरे पर तरह–तरह के भाव आते–जाते रहे।

बड़बड़ाती हुई बुढ़िया फिर बेहोश हो गयी। टारा उसे 'मॉम–मॉम' कहकर हिलाने लगी और डॉक्टर ने टारा को चेतावनी दी कि इन मामलों में अधैर्य ख़तरनाक साबित हो सकता है। मदन ने बुढ़िया की बड़बड़ाहट का अंग्रेज़ी में खुलासा दिया और कहा, 'हमें कुछ ठोस जानकारी मिल चुकी है। हम रुथ का बचपन का नाम जान गये हैं। हमें यह मालूम हो गया है कि यह बनौली बाटेसर गाँव के किसी ग़रीब दलित की अनाथ भांजी है जिसे किसी विदेशी महिला ने गाँव आकर ही गोद ले लिया था। इस तरह की घटनाएँ रोज़मर्रा नहीं होतीं। इसलिए मुझे पूरा विश्वास है कि गाँव में किसी–न–किसी को इस घटना की याद होगी। तो अगर आप इजाज़त दें मैं इंडिया फ़ोन करके किसी से कहूँ कि रुथ के गाँव में जाकर तहक़ीक़ात करे।'

टारा और डॉक्टर दोनों को यह सुझाव 'वंडरफुल' लगा। टारा ने अपना सैलफ़ोन मदन की ओर बढ़ा दिया। मदन ने फ़ोन किया और बहुत देर तक किसी से अपनी भाषा में हुज्जत करता रहा। फिर फ़ोन पर

हाथ रखकर उसने बहुत संकोच से कहा, 'मेरा दोस्त इस काम के लिए पैसा माँग रहा है।' टारा ने पूछा, 'कितना?' और मदन ने हिसाब लगाकर बताया कि डेढ़ सौ डॉलर। टारा बटुए से पैसा निकालते हुए बोली, 'कह दो, देंगे।' मदन ने नोट नहीं थामे लेकिन बात पूरी करके फ़ोन लौटा दिया। टारा बोली, 'पैसे रख लें।' मदन ने कहा, 'जल्दी क्या है?'

किन्तु डॉक्टर से विदा लेने के बाद मदन के साथ बाहर आती हुई टारा ने एक व्यावहारिक अमेरिकी महिला की भूमिका में लौटते हुए यह तय पाया कि किसी अजनबी भारतीय लड़के के स्वभाव की 'स्वीटनैस' के भरोसे बैठे रहना ख़ासा जोखिम भरा सिद्ध होगा। यह स्वीटनैस धोखे की टट्टी भी हो सकती है। क्या पता इसे फ़ोन पर दूसरे सिरे से सारी सूचना मिल गयी हो और पैसे यह अपने लिए ही माँग रहा हो, इंडिया में सम्पर्क सूत्र के नाम पर। ताकि कभी उसके, कभी अपने नाम पर वसूली करता रहे।

रीयल एस्टेट एजेंट टारा अनुभव से जानती है कि निहायत ही प्यारी–प्यारी बातें करना और भोली–भाली अदाएँ दिखाना अनेक शातिर सौदेबाज़ों का ख़ास लटका होता है। सच तो यह है कि वह स्वयं इसी हथियार का इस्तेमाल करके अपने दलाली के धन्धे में तेजी से आगे बढ़ सकी थी। तो टारा ने फ़ैसला किया कि स्वयं भी सौदेबाज़ी की भूमिका दोस्ताना मिठास से बाँधे। मैडन के प्रति मैत्री का निरा नाटक करने की भी कोई ज़रूरत न थी। वह मैत्री करने

लायक लग रहा था टारा को। मैडन को भी अपनी शर्मीली अदाओं और फूले–फूले गालों के कारण उसे लाड़ लड़ाने योग्य लड़का नज़र आ रहा था तो कभी अपने छरहरे कद्दावर और कसरती बदन के कारण हमबिस्तर बनाने योग्य गबरू जवान। फ़ीस माफ़ी पा चुका है विश्वविद्यालय से, इसलिए इन तमाम बातों के साथ–साथ बुद्धिमान भी होगा ही। इससे दैहिक ही नहीं, दिमाग़ी संवाद करना भी अत्यन्त रोचक–उत्तेजक रहेगा। तो गाड़ी की ओर बढ़ते हुए टारा बोली, 'मैडन, मुझे मॉम के होश में आ जाने से जितनी ख़ुशी हुई उससे कहीं ज़्यादा ख़ुशी अपने और मॉम के बीच सेतु बन सकने वाले मित्र के रूप में तुम्हें पाकर हुई है। मॉम मुझे मिलकर भी सही मायनों में मिल नहीं सकी लेकिन अब उसके हमवतन तुम मिल गये हो तो मुझे पूरा विश्वास है कि मॉम के दिल का रास्ता मेरे लिए खोल सकोगे।'

मदन ने लगभग हकलाते हुए कहा, 'कोशिश करूँगा पूरी। और टारा मुझे भी आपसे मिलकर बहुत ख़ुशी हुई है क्योंकि आप तो निश्चय ही मेरे और अमेरिकी समाज के बीच सेतु बन सकती हैं।' मैडन का काँपता स्वर उसकी निष्ठा की गवाही दे रहा था। टारा को लगा कि या तो यह बहुत बड़ा नाटकबाज़ है या सचमुच नितान्त भोला। दोनों ही हालत में इससे सौदे की बात करने में किसी जल्दबाज़ी की ज़रूरत नहीं है। तो उसने मैडन का हाथ अपने हाथ में लेकर हल्के–से दबाया और कहा, 'ओ.के., तो हम अब से जिगरी दोस्त हुए मैडन।'

मदन को रोमांच हो आया। वह नये सिरे से टारा की उम्र का अनुमान लगाने लगा। जिस तरह से उसने हाथ दबाया था उससे यही संकेत मिलता था कि वह तरुणी है। तभी उसने सुना कि मित्र तरुणी पूछ रही है कि तुम्हें कौन–सी पाकशैली प्रिय है और क्या तुम्हारा यहाँ कोई फेवरेट रेस्तोराँ है? अब मदन यह तो कैसे कहता कि न अपने देश में और न यहाँ मेरे पास कभी इतने पैसे हुए कि बाहर जाकर खा सकूँ। तो उसने कहा, 'मुझे सब कुछ चलता है बशर्ते गोमांस न हो।'

गाड़ी में बैठते हुए वह मुस्करायी और बोली, 'रेडमीट तो मैं भी छोड़ चुकी हूँ मैडन। बाइ द वे यह कहने में क्यों संकोच कर रहे हो मैडन कि तुम्हें इंडियन खाना पसन्द है? ज़्यादातर इंडियन खाने के मामले में ख़ासे दक़ियानूस होते हैं। दुर्भाग्य से यहाँ कोई क़ायदे का 'इंडियन रेस्तोराँ' है नहीं। एक थाई रेस्तोराँ ज़रूर अच्छा है और अगर मैं ग़लत नहीं समझी हूँ तो तुम लोगों को थाई कूजीन भी अच्छी लगती है।' मदन ने हामी भर दी, हालाँकि उसने ज़िन्दगी में आज तक कभी थाई खाना नहीं खाया था। टारा ने गाड़ी चला दी और कनखियों से देखा कि मैडन भी देख रहा है मुझे कनखियों से। वह मुस्करा दी। उसे यह सोच–सोचकर आश्चर्य होने लगा कि यह लड़का अपने मेहनताने का सवाल उठा नहीं रहा है। क्या इसलिए कि वह जानता है कि जो भी माँगेगा, सो मुझे देना ही पड़ेगा? लेकिन मेहनताने का सवाल ख़ुद उठाना भी ग़लत होगा

क्योंकि उससे लगेगा कि सौदा पक्का करने के लिए बेताब हूँ। तो वह फिर मैडन की ओर देखकर मित्रवत मुस्करायी कि वह अपना संकोच तज सके। लेकिन वह ख़ामोश रहा और उसके चेहरे पर लगे सस्ते आफ्टरशेव की फिटकरी गन्ध टारा के नथुने में घुस गयी। उसे इस सुन्दर सुडौल नौजवान की ग़रीबी पर तरस आया, जो न क़ायदे के कपड़े पहन पाता है और न बढ़िया आफ्टरशेव इस्तेमाल कर पाता है। मैत्री का रंग कुछ और गहरा करने का एक उपाय उसके दिमाग़ में कौंधा। पूछा मैडन से कि अगर तुम्हें अपने जिगरी दोस्त को कोई मर्दाना परफ़्यूम गिफ्ट करना हो तो कौन–सा ख़रीदोगे? बुद्धिमान मदन के मन में यह आशा–आशंका जन्मी कि शायद मेरी पसन्द–नापसन्द मुझे ही परफ़्यूम गिफ्ट करने के सिलसिले में जानना चाह रही है लेकिन अगर इसने मुझे उपहार दे दिया तो मैं इसे उपहार देने के लिए पैसा कहाँ से लाऊँगा? तो यह कहकर टालने की कोशिश की कि हम लोगों में आप लोगों की तरह उपहार देते रहने का कोई चलन नहीं है, कुछ रिश्तेदारों को कुछ मौक़ों पर पैसे और पकवान अलबत्ता दिये जाते हैं।

टारा ने इस सूचना को दिलचस्प करार दिया लेकिन साथ ही यह भी कहा कि फ़र्ज़ करो उसे गिफ्ट देना ज़रूरी हो तो कौन–सा परफ़्यूम दोगे? अब मदन के लिए मुसीबत यह हुई कि उसे कुल दो ही नाम याद थे एक तो उसी सस्ते आफ्टरशेव का और दूसरा कमरा–साथी द्वारा इस्तेमाल किये

जाने वाले शैनल फ़ॉर मैन का। तो बच निकलने का एक और रास्ता अपनाया। बोला, 'आपसे कहूँगा कि सूँघ–सूँघकर पसन्द कर दें।'

वह हँसी, 'मेरी पसन्द पर इतनी जल्दी इतना ज़्यादा विश्वास कैसे कर बैठे हो मैडन ? अभी तो तुमने मुझे परखा ही नहीं।' मदन बोला, 'सहजानुभूति जैसी भी तो कोई चीज़ होती है। हम लोगों को बहुत विश्वास है उसमें।' यह जवाब टारा को बहुत सटीक और सुन्दर लगा। बोली, 'मेरी सहजानुभूति कहती है कि तुम्हारी अपनी पसन्द, मेरी पसन्द से बेहतर होगी मैडन। तो अब टालमटोल छोड़ो और बताओ कि कौन–सा परफ़्यूम तुम्हारे ख़याल से अच्छा रहेगा गिफ्ट देने को?' मदन को लगा कि अपने सस्ते आफ्टरशेव का नाम लेना तो अपनी खस्ताहाली कुछ और उजागर करके टारा को कम मेहनताना देने के लिए प्रेरित करना होगा। यही नहीं, अगर वह यह सवाल किसी और को परफ़्यूम भेंट करने के सन्दर्भ में पूछ रही हो तो सस्ते आफ्टरशेव का ज़िक्र इसे हास्यास्पद भी लगेगा। तो उसने कह दिया, 'ओ.के. तो मैं शैनल फ़ॉर मैन देना पसन्द करूँगा।'

थैंक्स कहते हुए टारा फिर आशंकाग्रस्त हुई कि महँगा परफ़्यूम पसन्द करने किन्तु सस्ता आफ्टरशेव लगाने वाला यह भोला–भाला कहीं बहुत चतुर सौदेबाज़ न साबित हो। उसने गाड़ी एक ऐसी आलीशान मॉल के पार्किंग लॉट में खड़ी की जिसमें ऊँची आमदनी वाले ही आते थे। उसे सीट बेल्ट खोलते देख, मदन भी खोलने को हुआ लेकिन उसने रोक दिया और 'मैं अभी आयी'

कहती हुई तेज़ी से चली गयी। थोड़ी ही देर में वह लौट आयी और अब उसने गाड़ी एक बढ़िया रेस्तोराँ की पार्किंग लॉट में लगायी।

थाई रेस्तोराँ में उसने पहले यह जानना चाहा कि क्या पीओगे और खाओगे? दोनों के ही जवाब में मदन ने यह कहना ही उचित समझा कि तुम्हारी पसन्द ही मेरी पसन्द होगी टारा। टारा ने पहले इसे मैडन के संकोच का नमूना माना और जब कई बार ज़ोर देने पर भी उसने अपनी कोई पसन्द नहीं बतायी तब टारा ने टिप्पणी की कि हमारे समाज में दोस्तों से पसन्द–नापसन्द नहीं छिपाते। मदन झेंप गया। कुछ इसलिए कि दोस्ती फिर रेखांकित की गयी थी और कुछ इसलिए कि उसका व्यवहार अमेरिकी प्रतिमानों के अनुसार ग़लत ठहरा था। ड्रिंक्स आ जाने के बाद टारा ने 'हमारी दोस्ती' के नाम जाम उठाया और मदन को अपना गिलास टारा के गिलास से छुआते हुए कुछ ऐसा रोमांच हुआ मानो वह अपना बदन उसके बदन से छुआ रहा हो। दोस्ती के जाम का एक घूँट पीकर अलग रखते हुए टारा ने अपना बैग खोला और उसमें से सुन्दर चिकने काग़ज़ में रेशमी फीतों से बँधा छोटा–सा उपहार निकाला और उसे मदन की ओर बढ़ाती हुई बोली, 'यह तुम्हारे लिए है मैडन हमारी दीर्घकालीन दोस्ती के जन्म की ख़ुशी में।' उस रोमांचित क्षण मदन ने तय किया कि आइन्दा मैं जब टारा को 'यू' पुकार रहा होऊँगा तो उसका मतलब आप नहीं, तुम होगा।

गिफ्ट पर लगे हुए कार्ड में 'दोस्ती' से भी आगे की बात थी, 'प्रेम' की बात–टू मैडन विद लव, टारा। मदन जानता है कि उपहार के साथ 'विद लव' लिखने का कोई ख़ास मतलब नहीं होता लेकिन न जाने क्यों उसे लगा कि ख़ास मतलब है और फिर दो कारणों से उसके गाल लाज से लाल हो उठे। एक तो इस विचार से कि छप्पर फाड़कर देने वाले ने आख़िर उसे एक ऐसी गर्ल–फ्रेंड दिला ही दी है जो देसी नहीं, विलायती है और जो निश्चय ही कामक्रीड़ा में उतनी ही उन्मुक्त होगी जितनी कि अपने व्यवहार में आश्वस्त लग रही है। दूसरे इस अफ़सोस से कि मुझ मुफ़लिस के लिए अपनी इस गर्ल–फ्रेंड को जवाबी उपहार दे पाना बहुत मुश्किल होगा। भारत से वह दो–चार सस्ते गिफ्ट्स–जैसे उत्तरांचल की चाय के छोटे पैकेट, पहाड़ी ऐंपण वाले कार्ड और प्लास्टिक के चुम्बकयुक्त गणेश–लाया था, लेकिन उनमें से ज़्यादातर वह अपने गाइड को पहली मुलाक़ात पर और उसकी शादी की पच्चीसवीं सालगिरह पर दे चुका था। चाय का डेढ़ सौ ग्राम का एक पैकेट और एक प्लास्टिक गणेश ही बचे थे और उपहार लेने–देने का बड़ा दिन और नव वर्ष का त्योहार मौसम सिर पर था। यों भी क्या चाय का छोटा पैकेट या प्लास्टिक का फ्रिज पर चिपकाने वाला गणेश किसी गर्ल–फ्रेंड को देने लायक गिफ्ट कहा जा सकता है?

टारा के प्रश्न से वह चौंका, 'क्या सोचने लगे मैडन?' वह जो सोच रहा था सो बता नहीं सकता

था। इसलिए कहा, 'यही कि पहली ही मुलाक़ात में मुझे इतना महँगा गिफ्ट देकर तुम मुझे संकोच में डाल रही हो। मेरे पास तो इस समय बदले में देने के लिए कुछ भी नहीं है टारा।'

इस पर टारा ने कहा कि संकोच तो मुझे हो रहा है मैडन कि तुम्हारे इस मैत्रीपूर्ण सहयोग के बदले मैं इतना मामूली–सा उपहार दे रही हूँ। यह उत्तर मैडन को मित्र की हैसियत से ख़ासा उत्साहजनक और एक ग़रीब शोधछात्र की दृष्टि से थोड़ा चिन्ताजनक लगा कि कहीं ऐसा तो नहीं कि दोस्ती की दुहाई देकर यह बतौर मेहनताना इसी तरह कभी–कभार डिनर कराकर कोई गिफ्ट थमा दिया करेगी? तभी वेटर मुख्य भोजन का ऑर्डर लेने आ पहुँचा। टारा ने फिर पूछा कि क्या खाना पसन्द करोगे और थाई व्यंजनों से सर्वथा अपरिचित मदन ने फिर यही कहा कि तुम्हारी पसन्द ही मेरी पसन्द होगी टारा। वह मुस्करायी और फिर उसने वेटर को ऑर्डर दिया। वेटर के जाने के बाद मदन की आँखों में आँखें डालकर वह बोली, 'देखती हूँ कि मेरी पसन्द पर तुम कुछ ज़्यादा ही भरोसा करते हो मेरे प्रिय मैडन।'

उसके मन में एक बार यह आया कि साफ़–साफ़ बता दे कि मैंने ग़ैर–भारतीय व्यंजन के नाम पर आज तक बस पीत्जा ही खाया है। इसलिए ग़ैर–भारतीय व्यंजन परोसने वाले किसी भी भोजनालय में तुम जैसे जानकार पर भरोसा करने के सिवाय मेरे पास कोई चारा नहीं। ऐसा कहना अपनी ग़रीबी उजागर करना था और अनुभव से वह जानता था कि हर

सौदेबाज़ी में गरज़मन्द ग़रीब का पलड़ा हमेशा हल्का पड़ता है। तो वह एक ऐसा डायलॉग अंग्रेज़ी में बोल बैठा जिसका उर्दू संस्करण उसने लखनऊ में एक चलते पुर्जे छात्र के मुँह से सुना था। टारा से आँख मिलाकर वह बोला, 'जब तक कोई धोखा ही न हो जाये मैं बराबर भरोसा ही करता रहता हूँ।'

इस पर टारा ने बड़ी शोखी से पूछा, 'और कभी धोखा ही हो जाये तो!' और मदन ने उसी छात्र का संवाद ठीक उसकी तरह ही हाथ हिलाते हुए बोल दिया, 'तो अलविदा!' टारा को शर्मीले मदन का इस तरह किशोरों वाले अन्दाज़ में एक लगभग–बुढ़िया से कौतुक–प्रीत करना जितना विस्मयकारी लगा उतना ही आह्लादकारी भी। मदन का स्वर उसे अपने बुढ़ाते तन–मन को फिर से किशोरीवत हो जाने की चुनौती देता लगा। चुनौती स्वीकार कर वह शब्दों पर खिलखिलाहट टाँगते हुए बोली, 'तब तो मुझे बहुत सावधान रहना होगा मैडन कि ऐसी कोई चूक न हो जाये कि तुम सदा के लिए रूठ जाओ। मेरे लिए बहुत सुविधाजनक हो जायेगा अगर तुम मुझे यह जानकारी दे सको कि अब तक तुम किस–किस गर्ल–फ्रेंड को किस–किस कसूर पर सदा के लिए विदा कर चुके हो?'

मैडन का मन किया कि टारा को बता दे कि तुम्हीं मेरी पहली गर्ल–फ्रेंड हो। लेकिन उस लखनवी छात्र को अपने में उतार चुकने के बाद उसे ऐसी आत्म–स्वीकृति स्वाभिमान–विरुद्ध लगी। तो उसी लखनवी की शब्दावली उधार लेकर उसने कह दिया,

'पहली मुलाक़ात में ही सब कुछ बता दिया जायेगा तो आइन्दा मुलाक़ातों में क्या किया जायेगा?' टारा ने बहुत शोखी से कहा, 'मुझे विश्वास है कि तुम्हारे जैसे आकर्षक और बुद्धिमान नवयुवक के पास अनुभवों का अपार भण्डार होगा और अपने तमाम क़िस्से सुनाने के लिए तुम्हें हज़ारों मुलाक़ातों की ज़रूरत पड़ेगी। मुझे डर केवल इतना है कि कहीं उससे पहले ही तुम मुझसे अलविदा न कह डालो मैडन।'

मैडन यह जानकर स्तब्ध रह गया कि आत्मविश्वास से छलकती यह महिला 'फ्रेंडशिप' के मामले में अपने को मुझसे भी अधिक असुरक्षित अनुभव करती है। इससे टारा के प्रति उसके मन में प्यार कुछ और प्रगाढ़ हो उठा। उसे लगा कि इस औरत से मुझे सच बोलना चाहिए। तो उसने कहा, 'मेरा जीवन का अनुभव बहुत सीमित है क्योंकि मैं एक ग़रीब परिवार और पिछड़े इलाके का नवयुवक हूँ। तुम्हारा अनुभव अवश्य ही इतना होगा कि उसे सुनाने के लिए हज़ारों मुलाक़ातें भी नाकाफ़ी है। मैं तुम्हें विश्वास दिलाना चाहता हूँ कि तुम जब तक सुनाना चाहोगी मैं बगैर ऊबे सुनता रहूँगा।' सुनकर टारा कृतकृत्य और गद्‌गद हो उठी। मैडन के हाथ पर अपना हाथ रखकर उसने थैंक्यू कहा और मदन बदस्तूर 'यू आर वेलकम' कहना भूल गया।

तभी वेटर भोजन लेकर आ गया और मदन ने परोसने का काम टारा को करने दिया। खाना खाते हुए भी मदन बराबर पहले यह देखता रहा कि

टारा किस चीज़ को कैसे खा रही है ताकि उसका अनुसरण कर सके। मैडन का यह व्यवहार टारा की दृष्टि में उसे और भी किशोरवत बना गया और वह उस फ़िल्म का नाम और कथानक याद करने की कोशिश करती रही जिसमें एक शर्मीले किशोर का कहीं गर्मियों में अकेलेपन की मारी एक अधेड़ महिला से आमना–सामना होता है। कथानक से भी ज़्यादा टारा ने यह याद करना चाहा कि फ़िल्म का अन्त सुखद था कि दुखद, या दोनों ही ? फिर वह बोली, 'तो मैडन तुम्हें लगता है कि मैं बहुत अनुभवी हूँ?'

मैडन तुरन्त जवाब नहीं दे पाया क्योंकि अब उसे यह आशंका सताने लगी कि कहीं अनुभवी का मतलब इस सन्दर्भ में वह 'चालू' तो नहीं लगा रही है। इसलिए अब उसने कहा, 'मेरा मतलब था कि तुमने जीवन में बहुत उतार–चढ़ाव देखा है।'

टारा मुस्करायी, 'तुम कहते हुए शरमा रहे हो मैडन, लेकिन मुझे यह बताते हुए कोई हिचक नहीं है कि मैं इस अर्थ में भी अनुभवी हूँ कि मेरे कई ब्वॉय–फ्रेंड रहे हैं। उनके साथ मेरे अनुभव नानाविध रहे हैं लेकिन अन्ततः सबके सब कड़वे। उनकी कुछ झलक मैं तुम्हें दे ही चुकी हूँ। लेकिन उन्हें विस्तार से सुनाकर मैं इस पहली मुलाक़ात को बदज़ायका नहीं करना चाहती। फ़िलहाल इतना ही समझ लो कि मैं रीयल एस्टेट के धन्धे में जितनी सफल हुई हूँ उतनी ही विफल हुई हूँ अपने सम्बन्धों में। अपने प्रेम सम्बन्धों में मैंने उतार–चढ़ाव नहीं, उतार ही उतार देखा है मैडन।'

मैडन के चेहरे पर उभरता करुणाभाव देखकर टारा को ग्लानि हुई कि दूसरे का मन जीतने का सबसे घटिया हथियार आत्मदया अपना रही हूँ। तो उसने मुस्कराकर कहा, 'संक्षेप में यह मैडन कि मैं अविवाहित हूँ, अकेली हूँ और बेहद जवान और जहीन ब्वॉय-फ्रेंड मिलने की सम्भावना से ख़ासी पुलकित हूँ और साथ ही आशंकित भी कि कहीं मैं स्वप्न तो नहीं देख रही हूँ!'

कहकर वह बाकायदा हँस पड़ी और सुनकर लालसा की प्रगाढ़ता और कहीं यह मेरी हँसी तो नहीं उड़ा रही है ऐसी आशंका मदन के कण्ठ को अवरुद्ध कर गयी। वह चाहकर भी कुछ कह न सका। थोड़ी देर तक दोनों चुपचाप खाना खाते रहे। उधर टारा को यह ग्लानि मूक किये रही कि मैं अपनी माँ की बेहोशी की बात पूरी तरह भुला ही बैठी हूँ और इस नादान भारतीय लड़के से न जाने किस नीयत से कौतुकप्रीत किये चली आ रही हूँ।

टारा ने पहले सोचा कि अब मैडन से पैसे की बात कर ली जाये लेकिन फिर उसे लगा कि ऐसा करना एक तरह से रंग में भंग डालना होगा। तो उसने बड़े दोस्ताना ढंग से मदन से कहा, 'अपने बारे में भी तो कुछ बताओ। यह सही है कि पहले ही दिन न सब कुछ बताया जा सकता है और न ही जाना जा सकता है लेकिन एक तो आज के जीवन में फुर्सत के क्षण इतने नहीं मिल पाते कि आराम से जानकारी हासिल करते रह सको और दूसरे कम-से-कम इतनी जानकारी तो तत्काल ज़रूरी है

कि उसके आधार पर सम्बन्ध आगे विकसित हो सके।' मदन के लिए टारा की यह बात बहुत उत्साहवर्द्धक सिद्ध हुई। वह बताने लगा कि बहुत ग़रीब घर का हूँ, अपने अपेक्षाकृत सम्पन्न जीजा की कृपा से लखनऊ में शिक्षा पा सका हूँ। यहाँ विश्वविद्यालय में मेरी फ़ीस तो माफ़ है लेकिन कोई वज़ीफ़ा नहीं मिला हुआ है इसलिए सुबह कैंटीन में और शाम को डॉक्यूमेंटेशन सेंटर में काम करता हूँ। टारा को लगा कि मैडन शायद तगड़े पैसे माँगने के लिए भूमिका तैयार कर रहा है। लेकिन अगले ही क्षण मैडन ने कुछ ऐसा कहा झेंपते हुए कि टारा को अपनी धारणा बदलनी पड़ी। वह बोला, 'तुम्हारे पति डिनर कहीं और कर रहे हैं क्या?' टारा यह सोचकर मुस्करायी कि यह जवान लड़का मुझे गर्ल–फ्रेंड के रूप में स्वीकार कर चुका है इसीलिए यह जानने को व्यग्र है कि मैं शादीशुदा हूँ कि नहीं।

टारा बोली, 'मैंने बताया न मैं अकेली हूँ। चार बार प्रेम में पड़कर शादी की और चारों ही बार मारे ऊब और घृणा के तलाक़ लेना पड़ा। मेरा पहला पति उभरता हुआ गीतकार–गिटारवादक था लेकिन वह अपने को ज़रूरत से ज़्यादा स्वतन्त्र रखना चाहता था और कहता था कि तुम भी अपने को स्वतन्त्र मान सकती हो। मेरे दूसरे तथाकथित आध्यात्मिक–क्रान्तिकारी पति का इकलौता पेशा स्त्रियों को अपने सौन्दर्य और फलसफ़े से चमत्कृत करके हमबिस्तर बनाना और उनसे अपने नाज और अपने ख़र्चे उठवाना था। वह निठल्लेपन को अपनी

क्रान्तिकारिता का अन्यतम सबूत मानता था। मेरा तीसरा पति बहुत आदर्श और मेधावी क़िस्म का युवक था लेकिन धीरे–धीरे यह प्रकट हुआ कि वह समलैंगिक है और उसने अपने क्रोधी और धनी पिता का सन्देह दूर करने के लिए ही मुझसे विवाह रचाया है। मेरा चौथा पति उम्र में मुझसे छोटा था। वह हर तरह से शरीफ़ था लेकिन मुझ पर हावी रहना चाहता था। उसे अपनी पहली पत्नी से बच्चे थे, इसलिए वह मुझे माँ नहीं बनाना चाहता था।'

मदन पूछ बैठा, 'पिछली शादियों से तुम्हारे भी तो बच्चे रहे होंगे।' टारा का स्वर 'नहीं' कहते हुए थोड़ा काँप गया। फिर मुस्कराते हुए वह बोली, 'मैंने बताया न मैं निपट अकेली हूँ इस संसार में।' मदन ने कहा, 'क्यों, तुम्हारी मॉम तो हैं।' टारा बोली, 'वह मुझे कुछ भी नहीं बताती इसलिए वह साथ रहते हुए भी मेरे लिए अजनबी है।' मदन के मुँह से निकल गया, 'मैं तुमसे कुछ नहीं छिपाऊँगा।'

टारा ने 'क्या कहा।' वाली हैरान मुखमुद्रा बनायी और मदन ने झेंपते हुए अपनी उस टिप्पणी पर प्रकाश डालने के लिए कहा, 'मेरा मतलब था कि मैं तुम्हारा अकेलापन दूर करने की कोशिश कर सकता हूँ हालाँकि मैं शायद इस लायक नहीं।'

वह खिलखिलाई और बोली, 'तुम्हें कहना चाहिए कि टारा, तुम निश्चय ही मेरे लायक नहीं हो।' मदन ने झेंपते हुए 'नो–नो–नो' का जाप किया।

बैरा स्वीट डिश लाकर रख गया और टारा को लगा कि धन्धे की बात के लिए इससे उपयुक्त

अवसर कोई नहीं हो सकता। तो स्वर में अतिरिक्त मिठास घोलते हुए उसने कहा, 'मैडन, मेरे दोस्त तो क्या मैं मान लूँ कि मेरी मॉम के इलाज में तुम डॉक्टर की मदद करने के लिए समय निकाल सकोगे?' मदन को इस प्रश्न का औचित्य समझ में नहीं आया। उसे लगा कि कहीं ऐसा तो नहीं कि किसी और मध्य हिमालय क्षेत्र वाले ने भी टारा से सम्पर्क किया है। तो उसने कहा, 'क्या तुम यह समझीं कि मैं बस डिनर खाने आ गया?' मैडन के आहत स्वर ने टारा को सतर्क कर दिया। बोली, 'सॉरी मैंने बात कुछ ग़लत ढंग से कह दी मैडन। मैं तो यह कहना चाहती थी कि अपनी व्यस्तता के बावजूद समय देने की कृपा कर सकोगे ना?।' मदन ने कहा, 'न देना होता तो मैं आता यहाँ।'

रीयल एस्टेट एजेंट टारा उसकी नाराज़गी से घबराई और बोली, 'सॉरी।' फिर कुछ रुककर उसने कहा, 'मैं सचमुच बहुत आभारी हूँ कि तुम मेरी मदद करोगे मेरे प्रिय मित्र। तुम्हारी इस मदद की जितनी भी कीमत आँकी जाये कम होगी लेकिन क्या मैं जान सकती हूँ कि रोज़ाना कुछ घण्टे मेरी मॉम और मनोचिकित्सक के बीच दुभाषिए का काम करने के लिए तुम कितना पैसा लेना चाहोगे?'

मदन के मन में यह आया कि इस समय दो–दो जगह काम करके जितना पैसा कमाता हूँ उससे तिगुना इस अमीर औरत से माँग लूँ ताकि पैसे की कोई कमी न रहे और मैं गर्ल–फ्रेंड को उपहार दे सकने योग्य बन सकूँ लेकिन जाने क्यों उसने उसी

आहत नवयुवक की भूमिका पर क़ायम रहते हुए यह कह दिया, 'दोस्ती की बात करते–करते यह सौदेबाज़ी कहाँ से आ गयी टारा। मैंने तुम्हें अपनी तरफ़ की कोई लड़की तारा मानकर तुम्हारी अपील का जवाब दिया था। तुम भले ही मेरी तरफ़ की नहीं निकलीं लेकिन तुम्हारी मॉम तो हैं। और फिर अपनी तरफ़ की किसी वृद्धा के इलाज में मदद करना मेरे लिए एक मानवीय कर्तव्य ही हो सकता है, पैसा कमाने का ज़रिया नहीं। तुमने मुझे बेहिचक दोस्त कह तो दिया है लेकिन दोस्त मानने में तुम्हारे मन में हिचक है शायद। तुम इतना जान लो मैं कितना भी ज़रूरतमन्द सही, पर यह नेक काम एक अमीर औरत के दिहाड़ी मज़दूर की हैसियत से नहीं कर पाऊँगा।'

यह प्रतिक्रिया जितनी अप्रत्याशित टारा के लिए सिद्ध हुई उतनी ही अमेरिका में पढ़ रहे ग़रीब भारतीय नौजवान मदन के लिए भी। उसे लगा कि वह अपने ही शब्दों से मुग्ध होकर कुछ ज़्यादा ही डायलॉगबाज़ी कर बैठा है और उसका चेहरा और उसकी आवाज़ दोनों ही शब्दों के अनुरूप आहत होने का सशक्त नाटक कर गये हैं। लेकिन अगर यह किसी हद तक नाटक था तो भी टारा को बहुत मर्मस्पर्शी लगा। उसे पहले तो बहुत क्षोभ हुआ कि इस भले से बालक से मैंने खुर्राट रीयल एस्टेट एजेंट की तरह बातें कीं। तो सबसे पहले उसने क्षमायाचना की और स्पष्ट किया, 'सुनो अपने से कहीं अधिक परिष्कृत और पढ़े–लिखे युवक को अपना नौकर समझने की धृष्टता मैं स्वप्न में भी नहीं कर सकती। लेकिन अगर तुम मुझे अपना

दोस्त मानते हो तो यह भी मानना पड़ेगा कि कोई भी व्यक्ति अपने दोस्त से यह नहीं कह सकता कि तुम अपना समय और श्रम बिना मुआवज़ा लिए देते रहो। मैं ठीक कह रही हूँ ना?'

मदन ने राहत की साँस ली कि यह नाराज़ नहीं हुई और कहा, 'लेकिन तुम भी यह मानोगी कि कोई भी दोस्त किसी दोस्त से सौदेबाज़ी नहीं करता।' वह बोली, 'तुम्हारी बात न्यायोचित है। लेकिन तुम इससे भी इनकार नहीं कर सकते कि कोई दोस्त किसी दोस्त की सलाह ठुकरा नहीं सकता।' मदन ने सिर हिलाकर हामी भरी और फिर टारा ने काँइयाँ रीयल एस्टेट का तेवर छोड़कर एक निहायत ही उदार और दोस्ताना प्रस्ताव रखा। बोली, 'ओ.के. तो मेरी दोस्ताना सलाह यह है कि तुम आइन्दा अपने को कैन्सस में मॉम का मेहमान मानो। तुम्हारे सारे ख़र्च उनकी ओर से मैं उठाऊँगी। तुम दो जगह काम करके जितना कमाते हो उससे दुगुना मॉम की तरफ़ से लेते रहना। मैं हर शाम तुम्हें उनसे मिलवाने ले जाती रहूँगी।'

सुनकर मदन कृतकृत्य हुआ। टारा के हाथ पर हाथ रखकर बोला, 'यू आर वैरी वाइंड टारा।'

टारा ने झुककर उसका गाल चूम लिया और कहा, 'एंड यू माई फ्रेंड आर मोस्ट स्वीट।'

मदन का मन किया कि मैं टारा को चूम लूँ ओंठों पर। लेकिन साहस हथेली चूम लेने का ही जुटा पाया। टारा ने मुस्कराते हुए कहा, 'तुम तो पूरे योरोपियन हो इस मामले में मैडन।'

हमेशा गँवार इंडियन समझ लिये जाने की आशंका से ग्रस्त रहने वाला मदन यूरोपियन मान लिये जाने से प्रसन्न हुआ। फिर भी अपनी 'भारतीयता' की रक्षा करने के लिए उसने कहा, 'मेरी दोस्त बन गयी हो तो मुझे मैडन नहीं, मदन पुकारो ठीक से।' टारा ने कई बार कोशिश की, लेकिन अन्त में हँसकर हार स्वीकार कर ली और कहा तुम मेरे लिए मैडन ही भले। मदन बोला, 'ठीक है तो मैं तुम्हें टारा नहीं, तारा कहूँगा।' वह बोली, 'कहो!' और उसने कहा और कहते हुए पाया कि अब इसके गर्ल–फ्रेंड होने में कोई सन्देह नहीं रहा।

रेस्तोराँ से निकलकर जब वे गाड़ी में बैठे तब कार स्टार्ट करने के बाद गाड़ी बढ़ाने की बजाय टारा स्टेयरिंग पर सिर रखकर हँसती रही। मदन विस्मित हुआ। उसे लगा कि शायद मैंने कोई मूर्खता कर दी है। क्या रेस्तोराँ से बाहर निकलते हुए टारा का हाथ अपने हाथ में ले लेना मूर्खता की श्रेणी में रखी जा सकने वाली बात थी? थोड़ी देर तक उसने टारा को हँसने दिया। फिर जब टारा ने स्टेयरिंग से सिर उठाया और गियर डालने को हुई तब उसने पूछा, 'किस बात पर हँस रही थीं तुम?

वह बोली, 'तुम्हारी बदकिस्मती पर कि मेरी अपील का जवाब यह समझकर दिया कि अपने इलाके की कोई गर्ल–फ्रेंड बनाने लायक लड़की होगी, लेकिन मिल गयी मैं बुढ़िया।'

मदन समझ नहीं पाया कि हँसी का वास्तविक अर्थ क्या लगाये। क्या वह मैडन को ब्वॉय–फ्रेंड की भूमिका के लिए अनुपयुक्त ठहराते हुए उसकी टारा को गर्ल–फ्रेंड बना लेने की कोशिशों पर हँस रही है? या क्या वह यह जानना चाह रही है कि क्या मदन सचमुच उसे गर्ल–फ्रेंड बनाने को तैयार है। तो मदन ने कहा, 'मित्रता का उम्र से कुछ लेना–देना होता है क्या ? मैं तो यह मानता हूँ कि ओल्ड इज़ गोल्ड।'

टारा ने दुहराया, 'ओल्ड इज़ गोल्ड।' फिर कहा, 'ओल्ड इज़ गोल्ड' और उसकी आँखों में आँसू छलछला गये। मदन ने साहस जुटाया और टारा के चेहरे को गदोलियों में भरकर ऊपर उठाया और कहा, 'रोकर मेरा दिल मत दुखाओ मेरी दोस्त।' टारा की आँखों में कृतज्ञ मुस्कान चमक उठी। बोली, 'मैं कितनी ख़ुशकिस्मत हूँ कि मुझे तुम जैसा आदर्श और आकर्षक दोस्त मिल गया।'

टारा मदन को अपलक देखने लगी। मदन तय नहीं कर पाया कि इसे ओंठों पर ओंठ रखने का निमन्त्रण माने या न माने? उधर टारा को लगा कि मदन की हिचक का सम्बन्ध शायद मेरी उम्र से है। वह निगाह फेरने लगी। संकोची मदन ने अपना चुम्बन उसके फूले–फूले गाल पर अंकित होने दिया। टारा ने मदन की ठोढ़ी अपनी गदोलियों में थामी। वह उसके ओंठ चूमती कि उसे किशोरावस्था में कराया गया गर्भपात याद आया। वह बुदबुदायी, 'सब कुछ बहुत तेज़ी से हो रहा है मैडन, और फिर उसके

सीने में सिर छिपाकर सुबकने लगी। मदन ने उसे अपनी बाँहों में ले लिया लेकिन कसा नहीं। क्यों उसे ऐसा लगा कि टारा रंग–बिरंगा गिनुवा है जिसे पट्ट छाती से चिपका लेने का मतलब मेरी भी दुनिया का बदल जाना होगा।

□□